楚辭・澤畔的悲歌

呂正惠・編撰

中國歷代經典寶庫

2

出版的話

時報文化出版的《中國歷代經典寶庫》已經陪大家走過三十多個年頭。無論是早期的紅底燙金精裝「典藏版」，還是50開大的「袖珍版」口袋書，或是25開的平裝「普及版」，都深得各層級讀者的喜愛，多年來不斷再版、複印、流傳。寶庫裡的典籍，也在時代的巨變洪流之中，擎著明燈，屹立不搖，引領莘莘學子走進經典殿堂。

這套經典寶庫能夠誕生，必須感謝許多幕後英雄。尤其是推手之一的高信疆先生，他秉持為中華文化傳承，為古代經典賦予新時代精神的使命，邀請五、六十位專家學者共同完成這套鉅作。二〇〇九年，高先生不幸辭世，今日重讀他的論述，仍讓人深深感受到他對中華文化的熱愛，以及他殷殷切切，不殫編務繁瑣而規劃的宏偉藍圖。他特別強調：

> 中國文化的基調，是傾向於人間的；是關心人生，參與人生，反映人生的。我們

的聖賢才智，歷代著述，大多圍繞著一個主題：治亂興廢與世道人心。無論是春秋戰國的諸子哲學，漢魏各家的傳經事業，韓柳歐蘇的道德文章，程朱陸王的心性義理；無論是貴族屈原的憂患獨歎，樵夫惠能的頓悟眾生；無論是先民傳唱的詩歌、戲曲，村里講談的平話、小說……等等種種，隨時都洋溢著那樣強烈的平民性格、鄉土芬芳，以及它那無所不備的人倫大愛；一種對平凡事物的尊敬，對社會家國的情懷，對蒼生萬有的期待，激盪交融，相互輝耀，繽紛燦爛的造成了中國。平易近人、博大久遠的中國。

可是，生為這一個文化傳承者的現代中國人，對於這樣一個親民愛人、胸懷天下的文明，這樣一個塑造了我們、呵護了我們幾千年的文化母體，可有多少認識？多少理解？又有多少接觸的機會，把握的可能呢？

參與這套書的編撰者多達五、六十位專家學者，大家當年都是滿懷理想與抱負的有志之士，他們努力將經典活潑化、趣味化、生活化、平民化，為的就是讓更多的青年能夠了解繽紛燦爛的中國文化。過去三十多年的歲月裡，大多數的參與者都還在文化界或學術領域發光發熱，許多學者更是當今獨當一面的俊彥。

三十年後，《中國歷代經典寶庫》也進入數位化的時代。我們重新掃描原著，針對時代需求與讀者喜好進行大幅度修訂與編排。在張水金先生的協助之下，我們就原來的六十多冊書種，精挑出最具代表性的四十種，並增編《大學中庸》和《易經》，使寶庫的體系更加完整。這四十二種經典涵蓋經史子集，並以文學與經史兩大類別和朝代為經緯編綴而成，進一步貫穿我國歷史文化發展的脈絡。在出版順序上，首先推出文學類的典籍，依序有詩詞、奇幻、小說、傳奇、戲曲等。這類文學作品相對簡單，有趣易讀，適合做為一般讀者（特別是青少年）的入門書；接著推出四書五經、諸子百家、史書、佛學等等，引導讀者進入經典殿堂。

在體例上也力求統整，尤其針對詩詞類做全新的整編。古詩詞裡有許多古代用語，需用現代語言翻譯，我們特別將原詩詞和語譯排列成上下欄，便於迅速掌握全詩的意旨；並在生難字詞旁邊加上國語注音，讓讀者在朗讀中體會古詩詞之美。目前全世界風行華語學習，為了讓經典寶庫躍上國際舞台，我們更在國語注音下面加入漢語拼音，希望有華語處，就有經典寶庫的蹤影。

《中國歷代經典寶庫》從一個構想開始，已然開花、結果。在傳承的同時，我們也順應時代潮流做了修訂與創新，讓現代與傳統永遠相互輝映。

時報出版編輯部

【導讀】

騷人墨客的詠嘆調

呂正惠

《楚辭》在中國文化上具有特殊地位，我們會知道《楚辭》這本書，最主要的是因為屈原這個人。屈原的作品全部收集在《楚辭》裡面，而整本《楚辭》，也以屈原的作品為中心。我們都知道，屈原是中華民族最著名的詩人之一，以前的人，差不多都把《楚辭》裡最重要的作品認為是屈原作的。所以《楚辭》與屈原幾乎是二而一、一而二的關係。然而，到了現代，一般人的看法已經稍微有點改變。他們認為，其中有些作品，與其說是表現屈原這個人的人格，倒不如說是楚國這個國家特殊的文化與精神。楚國是戰國七雄之一，是詩人屈原的祖國。在中國文化的成長過程中，楚國貢獻了她那特殊的文化色彩；在中國文化的洪流中，她注入了一股特異的氣息。《楚辭》裡的某些作品，正是這種特殊色彩與特異氣息的具體表現。我們甚至可以說，連屈原這個偉大的詩人也是楚國文化的產物，沒有楚國文化，就不可能有屈原這個人。而實際上，屈原的作品，也正是從楚國的文化土壤中生長出來的。

總結的說，《楚辭》這本書包含了兩種主要的內容。首先，它表現了中國文化一大支流的楚國文化的精神；其次，它包含了楚國文化最了不起的產物之一——詩人屈原的作品。而這也就是本書的兩大重點。本書分成上下兩篇，即是分別介紹楚國文化和詩人屈原。

《楚辭》裡的作品，篇幅都比較長。最長的像〈離騷〉，將近兩千五百字，最短的，也比一般詩詞要長。文字難、篇幅長，這是一般人對《楚辭》望而卻步，不敢輕易去讀的最主要原因。所以，我在撰寫這本書的時候，不論是原文、註釋、語譯的部分，還是只有白話語譯的部分，在適當的時機，都會有一些整體性的賞析。這些賞析，有的長、有的短。長的不嫌囉嗦，短的有的極短，看情形而定，最主要是要讓讀者了解原作品的意義與精神，譬如說，〈九歌〉的每一篇原文都比其他篇章短，但賞析卻最長，這是因為〈九歌〉全篇的結構與意義最不容易掌握。而〈離騷〉雖然很長，但經過分段分節以後，只要稍作說明，就能夠了解其大意。

我想在這裡建議，如果你覺得原文太難，那麼，剛開始你可以只讀語譯。反正語譯都排在下半欄，你只要讀下半欄就可以了。本書在語譯時，已設想到使語譯可以獨立出來，所以只讀語譯時，你還是能夠掌握到全篇的大意。讀的時候，假如碰到不懂的專有名詞，或比較特殊的詞彙（這是無法語譯的），你可以參考後面的註釋。註釋裡，有些是對一整句或兩句、四句的大意的說明，也可以參考。假如讀過了白話語譯，你就不想讀了，那也沒有什麼關係。不過，最好能再讀原文，只有讀原文，你才能體會《楚辭》全書的精華與精神，這是再好的語譯也表達不出來的。假如你要讀原文，那麼，你可以先讀〈九歌〉。因為〈九歌〉篇幅最短，文字上的困難較容易克服。而且每篇之後的賞析較詳細，對你可以有所幫助。讀完〈九歌〉，再讀屈原的作品。這時你可以先讀一些短篇，如〈哀郢〉、〈涉江〉、〈懷沙〉，然後再讀〈離騷〉。〈離騷〉原文我們分成三大節，每大節又分成若干小節。可以每次讀一、兩小節。這樣讀完一大節，然後再把整大節從頭到尾讀一遍。這樣分別讀完三大節，然後再把整篇〈離騷〉從頭到尾讀一遍。最後，我們可以說，假如你能把〈九歌〉和〈離騷〉這兩部分，反覆的讀熟（實際上這並不難），那麼你就已掌握到這本中國文化的基本經典——《楚辭》的精華了。

魏晉時代的人曾經說過：

> 熟讀〈離騷〉，痛飲酒，便可以為真名士。

這樣看來，要做個名士似乎再簡單也沒有了。然而，清代詞人納蘭容若也說過：

讀〈離騷〉，愁似湘江日夜潮。

似乎讀〈離騷〉又要具備另一副胸懷。其實，這看似不太相同的兩句話，卻是包含了同樣的精神的。傳統的中國文人、中國士大夫，很多人都非常喜歡〈離騷〉、喜歡屈原的作品、喜歡《楚辭》。他們都能體會上面兩句話所要表現的精神。為了說明這種精神，我們可以引繆天華先生的一段話來讓大家看一看：

獨自靜坐，常會覺得空虛寂寥。雖則古人說：「著書心苦」；但是窮愁坎坷或者憤世不平的人，往往也會著書，想藉此減少無聊苦悶。理學家朱熹，晚年罷了官，他所推崇的道學被斥為偽學，因而有所感慨而注〈離騷〉；戴震因為家裡沒米，一天只喫兩頓麵，關起門來寫成一部《屈原賦注》；蔣驥困於疾病，舒憂娛哀的辦法，就靠寫《山帶閣註楚辭》；陳本禮老年閒居，常常黎明即起，啜苦茗數碗、薑一片，寫他的《楚辭精義》。我對這幾位學者，真是心嚮往之，所以空閒枯寂的時候，也就翻檢以前所搜集的資料，深思探索，繼續寫我的《楚辭淺釋》。（《九歌

淺釋》後記）

這恐怕是傳統士大夫凡喜歡楚辭的無不擊節感歎的句子。簡單的說一句，〈離騷〉與《楚辭》，是古代失意的士大夫的「寶典」，這是《楚辭》這本書所以流傳極廣，歷久而不衰的「秘密」。假如，你讀了《楚辭》以後，也「非常的」喜歡，那麼，你就掌握了這本書的基本精神。只是，那算幸或不幸呢？那就很難說了。

楚辭◆澤畔的悲歌

目次

上篇
神話的世界

一、南方的國度——楚國

西元前兩百二十一年，秦始皇終於把六國全都滅掉，統一了天下，結束了將近兩百年的戰國七雄爭霸的局面。然而，被滅亡的六國人民，表面上雖然無力反抗，內心裡似乎並不完全屈服。尤其當秦朝的暴政一天比一天不能忍受的時候，六國百姓的反抗意識也一天天地增強。而在六國之中，南方的楚國尤其痛恨秦國。自從楚國滅亡以來，不知從什麼時候開始，楚國人慢慢地流傳起一句話來。這句話說：「楚雖三戶，亡秦必楚。」那意思是：楚國即使只剩下三戶人家，滅亡秦國的必定是楚國人。這話說得斬釘截鐵，很有楚、秦兩國不共戴天的樣子，可見楚人對秦國的痛恨了。

然而，楚人並不是光憑著流傳這一句話來發洩他們心中的憤怒的，楚國人還有勇氣把他們的憤怒訴之於行動。果然，在秦國統一天下十三年之後，陳勝、吳廣就在楚地揭竿起義，反抗秦國的暴政了。陳勝一起義，楚人立刻紛紛響應。陳勝後來雖然敗死，但在滅秦的過程中，楚國人還是出了最大的力量。是楚國人項羽，率領楚國的軍隊，打敗了秦國的主力軍，使秦國再也無力撲滅各地起義的人；是楚國人劉邦，率領楚國的軍隊，攻進秦國的根據地關中，滅掉了秦國，使這個暴虐的朝代永遠在世界上消失。「楚雖三戶，亡秦必楚」，楚國人終於把憤怒化成力量，把力量付之於行動，實現了他們「亡秦」的諾言。

這樣的楚國是怎樣的一個國家？這樣的楚國，不僅具有堅強的戰鬥力，在春秋、戰國時代，中國文化最有創造力的時代，對中國文化也有非常了不起的貢獻。譬如說，楚國產生了老子這樣一個人，寫下了薄薄的只有五千言的一本小書，然而卻是中國最有智慧的人之一。他對中國人的影響，足可以和中國另一個最有智慧的人——孔子相比而不遜色。還有，楚國還產生了屈原這樣一個詩人，寫下千古不朽的詩篇〈離騷〉，成為中國第一個偉大的詩人，也成為中國人所嚮往、欽慕的一個理想的偉大的人格。

然而，這樣的一個國家，據說在最早建國的時候，文化卻非常的落後，是屬於「蠻夷」之類的國家。這一個國家到底在何時建立起來，這個國家的人民，到底是怎麼樣的人民，我們已經弄不清楚了。我們所知道的只是，當黃河流域（主要包含現在陝西、山西、河南、山東各省）的中原文化（中國文化的主流）已經非常發達的時候，南方幾乎還是個蠻荒地區。然而，就在西周的中、晚期，南方好像已經開始出現一個強大的國家或民族，當時人或者稱之為荊，或者稱之為楚。當時的情形，我們也還不太清楚。然而，就在西周詐衰，春秋時代揭開序幕以後，一個強大的楚國確確實實地出現在歷史舞台之上了。這樣的一個楚國，在未來春秋、戰國整個中國歷史上最動盪的時代，將自始至終扮演著重要的角色。

這個楚國，她建國的根據地是在現在湖北省的西部，然後再往東方及北方發展。在春秋時代的初期，她已經擴展到河南省的南部了。因為楚國的勢力發展得太快，終於引起中原國家的恐慌，因而產生了齊桓公的攘夷運動。齊桓公稱霸的兩大口號是「尊王」、「攘夷」。「尊王」是指尊重周天子的地位而言，而「攘夷」，所針對的主要就是「南蠻」楚國。就是因為中原國家害怕楚國的蠻夷文化，威脅到中原文化的生存，齊桓公才適時的喊出「攘夷」的口號。齊桓公雖然不曾真正打敗過楚國，到底還是稍微遏阻了楚國繼續往北方發展。

然而，齊桓公去世以後，楚國北進之路又沒有阻礙了，眼看著楚國就要一步步地進逼中原了。這時，又出現了晉文公。晉文公結結實實地在城濮這地方把楚國的軍隊打敗，再度把楚國的北進遏阻了。從此以後，整個春秋時代，就是代表中原文化的晉國和「南蠻」的楚國對抗的局面了。

到了戰國時代，春秋大大小小的諸侯終於互相併吞，只剩下最強大的七國，成了所謂的戰國七雄。在整個戰國時代，楚國的國勢始終保持在前幾名。可以說，戰國時代越到後來，越成為秦、齊、楚三國鼎立的形勢。可惜因為楚國最後幾任君主的昏庸，終於讓秦國滅亡了。對於這一段楚國沒落的過程，我們在本書下半部敘述屈原的生平時，會有更詳細的說明。

就文化而言，我們已經說過，楚國原是個「蠻夷」國家，文化遠落在中原地區之後。但楚國日漸往北方發展，接近中原文化的機會日漸增加，終於慢慢地接受中原文化的影響，日漸地「文明」起來。我們可以說，差不多在春秋末期、戰國初期的時候，楚國人已經能夠把中原文化，和他們本來就有的「南蠻文化」融合起來，創造出一種特殊的文化色彩來了。所以，我們可以看到，在戰國時代諸子百家爭鳴，正是思想界最有生氣的時候，楚國所產生的思想家，就常常跟中原地區的大為不同。譬如，產生在魯國一帶，中原正統文化的繼承者是孔子、孟子一派的儒家，而產生在南方，深受楚國特殊文化氣息影響的，卻是老子、莊子一派的道家。

大致說來，現代人都認為，楚國的文化所以大不同於中原地區，主要是受了特殊的地理環境的影響。楚國所處的南方，在長江流域。長江流域有山有水，風景多變化，譬如五彩的圖畫。而中原地區，主要是黃河流域。黃河流域，要不是黃土平原，就是黃土高原，景色變化不大。當然可以想像這兩個地區所產生的文化要有極大的差異了。

我們要了解春秋、戰國時代楚國特殊的文化，當然可以從很多方面去著手。然而，最方便的一條捷徑，恐怕是去讀《楚辭》了。《楚辭》裡有一些篇章，如〈九歌〉、〈天問〉、〈招魂〉、〈大招〉，講的都是楚國特殊的宗教、民俗、神話與傳說。從這些方面來了解，最能探測到每一個文化的特質。譬如〈九歌〉，是楚國人一連串的祭神歌。然而，我們稍微加以閱讀，就會發現，楚國人的祭神方式，和我們現在所了解的是多麼不同啊！從他們的祭神歌裡，我們會發現，楚國人是多麼浪漫，又多麼富有想像力啊！如果你也讀了這套「經典寶庫」的《詩經》，那麼，你又可以比較《詩經》裡的作品和〈九歌〉的不同。《詩經》是正統中原文化的代表，那是樸實中有生命、樸實中有色彩的。然而，〈九歌〉卻是去掉了樸實，而只是完完全全的生命力與色彩感。比較這兩種詩歌，我們即可以體會到楚文化特殊的本質。本書的上半部「神話的世界」所選擇的篇章，就是著重在表現楚文化特殊的一面，這是我們要注意的重點。

二、諸神降臨——〈九歌〉

楚國特殊的風俗習慣和楚民族豐富的想像力，在他們的宗教祭典裡表現得最為明顯。關於這方面，《楚辭》裡的〈九歌〉有著最完整的記載。〈九歌〉是一組祭神歌，共有十一首，每一首祭祀一種神，最後一首則是整套祭典的尾聲。關於每一種神的性質，下面各篇裡會有比較詳細的賞析，這裡只簡單的根據〈九歌〉的順序，把他們的名字列在下面：

東皇太一（可能是楚國人的上帝）
雲中君（雲神）
湘君（湘水之神）
湘夫人（湘水女神）
大司命

少司命（以上是兩種命運之神）
東君（日神、太陽神）
河伯（黃河河神）
山鬼（山中精靈，女性）
國殤（為國犧牲的戰士之魂）
禮魂（尾聲）

十種神裡面，有八種是男神、有兩位女神。嚴格的說，後面兩種（山鬼、國殤）還不能算是神，只能說是精靈或鬼。從種類上來說，上帝和兩個命運之神比較是屬於抽象概念的神，關於自然現象的有日神和雲神。水神有三位：兩個湘水之神、一個黃河河神。另外就是較特殊的兩種：山鬼和國殤。水神有三個之多，可見這是農業社會的民族。因為江河的灌溉直接關係到他們的生活，對於主管江河的水神，當然要特別的尊敬。

既然是祭祀十種神，共有十一首歌，為什麼叫「九歌」呢？這「九」字該如何解釋？關於這一點，正好可用八字成語來形容，那就是「眾說紛紜，莫衷一是」。有人說，〈湘君〉、〈湘夫人〉互有關係算一篇，〈大司命〉、〈少司命〉也算一篇，剛好九篇，所以是「九歌」；又有人說，〈山鬼〉、〈國殤〉、〈禮魂〉三篇較特殊，應算一篇，所以剛好九篇；也有人說，〈東皇〉是迎神曲，〈禮魂〉是送神曲，中間祭祀九種神，正合「九歌」之名。但另有人說，「九」是虛數，比如「九死一生」的「九」只是形容次數之多；「九歌」也只是說，祭祀多種神靈之歌。看起來，可能最後這個說法比較有道理。

從這十一首歌的歌辭，我們能推測出兩千數百年前，楚國人祭神時的實際情形嗎？古人已經死了那麼久，我們當然無法像他們一樣，知道最詳細的情況，但有幾點特色，大概是可以想像得到的。第一，楚國人拜神，並不像我們現在拈拈香，拜幾拜，叩幾個頭，說幾句求神保祐的話就算數了；也不是舞舞獅，放放鞭炮就可以了。楚國的祭神場面是相當浩大，至少也是相當生動的。他們有一種人，叫做「巫」，有男也有女，專門負責祭神的事情。祭神時，有的巫扮作主祭人，有的巫扮作神，主祭人自己一人或率領其他男巫、女巫唱歌跳舞，祈求神的降臨。而神則有時降臨，有時根本不降臨。因此，我們可以想像，祭神的場面，簡直就像歌舞劇的場面，巫的祈求、神的降臨與彼此之間的對話，已經像是在演戲了。我們只要這樣想，楚國人的祭典，就像最簡單的歌舞劇，不過參與祭祀的人，並不是看戲，而是以最虔敬的心情向諸神祈福，那大概就相當接近他們祭神時的實況了。至少，「雖不中，亦不遠矣」。

但是，有一點是很令我們現代人驚訝而想不通的，那就是，那種祭神的歌舞劇，簡直就像男女之間的戀愛劇一般。譬如，湘君是男神，主祭人是女巫。那女巫扮演得極美，祈求湘君的降臨，口氣就像祈求情人來約會一般。又譬如湘夫人是女神，而那主祭的男巫，也像在恭候女朋友的來到，她不來就失魂落魄似的。這，一般學者把它叫做「人神戀愛」。所以，有幾首，像〈湘君〉、〈湘夫人〉、〈山鬼〉，完全是情歌的樣子。其他各首，或多或少也有這種色彩，例外的非常的少（如〈國殤〉）。

根據現代人類學家的研究，這種情形並不奇怪，在較早的時候，人類的各民族都有這種現象。譬如很早很早以前，日本有這樣一首巫歌：

設若您是一位神明，
翱翔九天：
懇祈寵臨吧，
難道神們竟然恥笑，
您來到凡間。

這跟我們的〈九歌〉，完全是一種情調，是情人在怨對方不肯來，而不是人在祭神。甚至，有的祭典，簡直就像最原始的結婚典禮，竟當場有男歡女愛的表現。根據人類學家的研究，產生這種現象的原因是這樣的：在農業發展的初期，人類知識還相當的原始，碰到土地不肥沃，不能豐收，或者作物生長不順利，碰上旱災等等，他們無法解決困難。於是他們想，植物的生長和人類的生殖本是一回事，植物生長不順利，可以拿人類生殖行為的表現來加以促進。他們以為這樣的表演有一種魔術似的力量，可以促使植物生長，這就產生了最原始的祭神場面。後來，人類越來越文明，覺得這樣的祭典未免野蠻，於是實質的結婚形式變成象徵性質，象徵性質又變成更高水準的求愛性質，而這就是〈九歌〉中的人神戀愛了。這是現代人用人類學的觀念對〈九歌〉奇異的祭典所作的解釋。

其次，〈九歌〉的祭典還有一種特殊的現象。那就是，在祭品與擺設之中，植物占了最重要的地位。譬如，〈東皇太一〉裡的祭肉是用蕙草包著，用蘭草墊著；〈湘君〉裡的船，是用薜荔作船艙，蕙草作帷帳，蓀草裝飾船槳，而蘭草則作旌旗；〈山鬼〉裡，山鬼穿的竟就是薜荔、女羅、石蘭與杜衡。最特殊的是，〈湘夫人〉裡，男巫準備建造來接待湘夫人的水中之屋，竟用了十一種的草木。還有，〈九歌〉中的人，凡是想念別人都手拿桂枝或杜若，送人也送這些。而在祭典尾聲，女巫拿著跳舞的是芭草（有人說就是芭蕉）。可以說，從祭典的祭品、擺設到神與巫的服飾，無一不跟草木有關。這就是一般人所謂的《楚辭》裡的「香草」。這個現象該如何解釋呢？當然，中國南方，水鄉澤國多，香草所在多有，這是可以了解的。但這些香草究竟為什麼在宗教祭典中，占了這麼重要的地位，就有些費猜疑了。是不是香草在較早民族的心目中，也有一些魔術般的作用呢？這就有待人類學家替我們解答了。不過，這香草問題，在屈原的作品裡也占了極重要的地位。這問題，我們在〈離騷〉緒論裡會有所說明。

提到屈原，最後就該談到〈九歌〉的作者問題了。較早的學者都認為，〈九歌〉是屈原藉用楚國祭歌的形式，來表達他的忠君愛國的情操（這跟香草、美人問題都有關係，請參考〈離騷〉緒論）。但後來的人覺得這種說法不太妥當，於是提出修正：〈九歌〉是屈原根據祭歌修改而成，跟忠君愛國倒未必扯得上關係。但越到近代越有人相信，〈九歌〉也未必是屈原作的或修改的。〈九歌〉原是楚國的祭神歌，而現存的作品已經過文人的修改應該是不成問題的，但修改的人未必是屈原罷了。總之，我們現在讀〈九歌〉，不必再跟屈原的忠君問題扯上關係。除了從文學的觀點來欣賞之外，最主要的，還可以藉以了解兩千多年前戰國中、末期，楚國人特殊的風俗與宗教形態。

（一）東皇太一

【原詩】

吉日兮辰良，①
穆將愉兮上皇。②
撫長劍兮玉珥（ㄦˇ ěr），③
璆（ㄑㄧㄡˊ qiú）鏘（ㄑㄧㄤ qiāng）鳴兮琳（ㄌㄧㄣˊ lín）琅（ㄌㄤˊ láng）。④
瑤席兮玉瑱，⑤
盍將把兮瓊芳。⑥
蕙肴（ㄧㄠˊ yáo）蒸兮蘭藉，⑦
奠桂酒兮椒漿。⑧
揚枹（ㄈㄨ fū）兮拊（ㄈㄨˇ fǔ）鼓，⑨
疏緩節兮安歌，⑩
陳竽（ㄩˊ yú）瑟兮浩倡。⑪
靈偃（ㄧㄢˇ yǎn）蹇（ㄐㄧㄢˇ jiǎn）兮姣服，⑫

【語譯】

吉祥的日子，美好的時辰，
我們肅穆地宴享上皇。
手握著長劍的劍柄，
身上的佩玉鏗鏗鏘鏘地響。
神座上擺著瑤席，壓著玉鎮，
又放上一把如瓊玉般美的芬芳的花草。
獻上蕙草包著的祭肉，下面墊著蘭草，
再奠上桂酒和椒漿。
舉起槌子來敲著鼓，
唱著緩慢的清歌；
吹著竽，彈著瑟，大家又齊聲高唱。
神巫穿著漂亮的衣服婆娑起舞，

芳菲菲兮滿堂。⑬　　滿堂瀰漫著芬芳的香氣。
五音紛兮繁會，⑭　　急管繁絃熱鬧地合奏，
君欣欣兮樂康。⑮　　神啊無限欣喜，快樂又安康。

【註釋】

①辰良，即良辰。
②穆：肅穆。愉：動詞，宴享、祭祀的意思。上皇：指東皇太一。
③撫：持，握。珥（ㄦˇ）：劍柄。珥上鑲著玉，所以說「玉珥」。
④璆鏘（ㄑㄧㄡˊ　ㄑㄧㄤ）：玉聲。琳、琅（ㄌㄧㄣˊ　ㄌㄤˊ）：都是美玉。
⑤瑤：玉之一種；瑤席，以瑤玉裝飾的席子，放在神座上墊放東西。瑱：同鎮；玉瑱，以玉作鎮，壓住席子。
⑥盍：合，聚集；盍將把：是說聚集了成把的東西。瓊：玉之一種；芳：指花草。瓊芳，是說如瓊玉般美的芬芳的花草。
⑦肴（ㄧㄠˊ）：烹熟的肉；蕙肴，用蕙草裹著肴。蒸：進，把東西放上神座。蘭藉：用蘭草墊著。
⑧桂酒：用桂泡漬的酒。漿：也是酒的意思。椒漿：用香椒泡漬的酒。
⑨揚：揚，舉起；枹（ㄈㄨˊ）：鼓槌。拊（ㄈㄨˇ）：擊打。

⑩ 疏緩節：使節奏緩慢下來。安歌：平穩地、慢慢地唱。
⑪ 陳：陳列；竽（ㄩˊ）、瑟，都是樂器。倡：同唱；浩倡，大聲歌唱。
⑫ 靈：指祭神的巫。偃蹇（ㄧㄢˇ ㄐㄧㄢˇ）：舞動的樣子。姣服：美服。
⑬ 芳菲菲：芳香瀰漫。
⑭ 繁會：各種聲音齊響。
⑮ 君，指東皇太一。

【賞析】

〈九歌〉所祭祀的第一位神是東皇太一。這東皇太一是什麼神呢？大家並不太清楚。古書裡面很少提到這個神，只知道從漢武帝開始，才隆重的祭祀這位神明。因此有人推測，這個東皇太一原只是楚國一地所崇奉的神，到了漢代才流傳到各地，最後竟為皇帝所特別重視，而成為全國性的神靈。又有人說，這個東皇太一是楚國人心目中地位最高的神，也就是楚國人的天帝。這看法有相當的道理，因為畢竟這是〈九歌〉所祭祀的第一個神，其地位應該特別重要。從歌辭中也可以推測出來，東皇太一和〈九歌〉中的其他諸神似乎不太一樣。我們先簡單分析這首歌的內容，再對這一點進一步的加以賞析。

〈東皇太一〉的第一段是祭禮簡單而隆重的開始：

吉祥的日子，美好的時辰，我們肅穆地宴享上皇。
手握著長劍的劍柄，身上的佩玉鏗鏗鏘鏘地響。

後兩句寫祭祀的人帶著劍，佩著玉，尤其從帶劍一點可以想見祭禮的莊嚴。第二段寫祭壇上的擺設：

神座上擺著瑤席，壓著玉鎮，又放上一把如瓊玉般美的芬芳的花草。
獻上蕙草包著的祭肉，下面墊著蘭草，再奠上桂酒和椒漿。

共計有：瑤席、玉鎮、瓊芳（瓊玉般的花草）、蕙肴（蕙草包著的祭肉）、蘭草（墊著蕙肴）、桂酒和椒漿。我們如果仔細地留意〈九歌〉中的祭品與擺設，不但可以知道古代的祭禮，最重要的還可以了解楚國特殊的風俗習慣。關於這一點，我們在〈九歌〉緒論中已特別賞析過了。

第三段正式描寫祭祀中的歌舞場面：

舉起槌子來敲著鼓，唱著緩慢的清歌；
吹著竽，彈著瑟，大家又齊聲高唱。

寫歌舞，正如前一段寫祭品和擺設，都相當簡單，一點也不誇張，筆調也很矜持。一直要到最後一段，我們才看到比較熱鬧的氣氛：

神巫穿著漂亮的衣服婆娑起舞，滿堂瀰漫著芬芳的香氣。
急管繁絃熱鬧地合奏，神啊無限欣喜，快樂又安康。

這是祭禮的最高潮，也是祭禮的結束。我們如果把開頭的第一段拿來加以對照，即可體會到「芳菲菲兮滿堂」、「君欣欣兮樂康」，確實表現了欣喜而激昂的情緒。從音樂上來想像，祭祀東皇太一時，開始是莊嚴的調子，然後慢慢地熱烈起來，最後是五音齊響，滿堂都看著神巫穿著美服在婆娑起舞。從舞蹈上來看，剛開始可能是，大家佩著劍，手握劍柄，慢慢地舞動著，身上的佩玉也跟著叮叮噹噹響。到了最後，則是神巫一個人在那邊獨舞。

然而，如果我們拿〈九歌〉的其他各首來比較，即可發現，〈東皇太一〉自始至終都是相當的肅穆的。譬如，我們看不到其他各首中常見的人對神熱烈的追求，也看不到神離開之後（或者神根本沒有降臨）那種悵惘的情緒。還有，我們也看不到對神靈的直接的描寫（只有「君欣欣兮樂康」一句，但這根本不是描寫）。因此，有很多人認為這是一首「迎神曲」，也就是說，這是開始祭祀諸神之前的一段「前奏」。但是，最好的解釋應該是，因為東皇太一和其他諸神不一樣，所以祭祀的氣氛也大有差別。因為東皇太一特別的崇高、特別的莊嚴，所以甚至對他直接的描寫都盡量避免，以免「不敬」，當然那種愛情似的追求就更不用說了。所以，要說東皇太一是楚國人心目中高高在上的天帝，並不是沒有道理的。

（二）雲中君

【原詩】

浴蘭湯兮沐芳，①
華采衣兮若英。②
靈連蜷（ㄑㄩㄢˊ quán）兮既留，③
爛昭昭兮未央。④
謇（ㄐㄧㄢˇ jiǎn）將憺（ㄉㄢˋ dàn）兮壽宮，⑤
與日月兮齊光。
龍駕兮帝服，⑥
聊翱遊兮周章。⑦
靈皇皇兮既降，⑧
猋（ㄅㄧㄠ biāo）遠舉兮雲中。⑨
覽冀州兮有餘，⑩
橫四海兮焉窮？⑪

【語譯】

（我們）沐浴了芳香之水，
穿上如花般的五彩衣裳。
神靈飄忽地降臨，
神光燦爛，無窮無盡。
神靈安詳地在壽宮休息，
和日月齊放光明。
駕著龍車，穿著帝服，
暫且在這裡四處翱遊。
光亮的神靈降臨了，
忽然又迅速地回到雲中。
高高地俯視著中國，
忽又橫行四海，要到哪裡去？

思夫君兮太息，⑫
極勞心兮忡忡。⑬

想念你啊歎息不已，
使我憂心忡忡。

【註釋】

①蘭湯：用蘭草浸泡的水。沐：洗髮。芳：指用芳草浸泡的水。
②華采衣：即衣華彩，穿上五彩的美服。若英：如花一般。
③靈：指雲中君。連蜷（ㄑㄩㄢˊ）：形容雲舒卷的樣子。
④爛昭昭：形容極為明亮的樣子。未央：未盡，這裡指光亮極盛，毫不衰減。
⑤蹇（ㄐㄧㄢˇ）：發語詞，無義。憺（ㄉㄢˋ）：安，這裡有休息的意思。壽宮：供神的地方。
⑥龍駕：以龍駕車。
⑦周章：四處流轉、周遊之意。
⑧靈：指雲中君。皇皇：光明的樣子。
⑨猋（ㄅㄧㄠ）：迅速離去。遠舉：遠離。
⑩冀州：古九州之一，這裡指中國。有餘：是說所望極遠，不止中國一地。
⑪焉：何，哪裡；焉窮，哪有窮盡？是說，橫行四海，無窮無盡。
⑫夫：指示詞，那；夫君，那個人，指雲中君。

⑬ 極：非常，形容憂心之至。勞心：憂心。忡忡：憂心的意思。

【賞析】

〈九歌〉中的第二位神靈是雲中君。這個雲中君，一般認為是雲神，雖然也有人以為是雷神、雨神、風神，但總以雲神的說法較為妥當。從「雲中君」這個名字和歌辭的描寫來看，說雲神 大概是不會錯的。

開頭兩句：

（我們）沐浴了芳香之水，穿上如花般的五彩衣裳。

這是描寫祭神的人們。接著立刻是雲中君的降臨：

神靈飄忽地降臨，神光燦爛，無窮無盡。

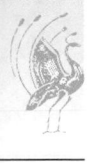

但也有人說，前兩句也是寫雲中君。那就是說，在祭禮開始時，巫者穿著五彩衣，扮著雲神，降臨到人間。這樣說，則雲神不但神光燦爛，而且衣飾鮮麗了。但恐怕前兩句還是指祭神的人較為適當。這樣，祭神者扮演的是女性的角色，而雲神則是男性，比較合乎〈九歌〉所慣有的人神戀愛關係。

第二段是寫雲在祭壇上的逗留：

神靈安詳地在壽宮休息，和日月齊放光明。
駕著龍車，穿著帝服，暫且在這裡四處翱遊。

從這裡，我們可以注意到雲神的第一個特色，那就是他的光彩，這使他足以「與日月齊光」。我們在第一段已看到他降臨時「爛昭昭兮未央」（神光燦爛，無窮無盡），在下面一段，又可以看到人們形容他「皇皇兮」（也是光明燦爛的意思），可見雲神的光彩奪目是無可置疑的。

雲神的第二個特色是，行動迅速而飄忽，第三段前四句說：

雲皇皇兮既降，　光亮的神靈降臨了，

遠舉兮雲中。　　忽然又迅速地回到雲中。

覽冀州兮有餘，　　高高地俯視著中國，

橫四海兮焉窮？　　忽又橫行四海，要到哪裡去？

本來以為雲神要在壽宮休息，要在這裡遊逛一陣子，沒想到他挾著眩人的光彩剛一降臨，立刻又轉身的飛回雲中。看他走了，趕快抬頭望去，剛看到他高高地俯視著人們，馬上又去得無影無踪，不曉得飛到四海的哪一頭去了。這一段寫雲神的光彩與動作，真是生動異常。對於這樣來去飄忽的神靈，人們當然不勝嚮往之至。所以看到他短到不能再短的逗留，不禁感歎著說：

想念你啊歎息不已，使我憂心忡忡。

不過這首〈雲中君〉，雖然有對神靈的直接的描寫，也稍微有一點人對神追求和迷戀的意思，比起〈九歌〉其他各首來，還是顯得樸實了些。

（三）湘君

【原詩】

君不行兮夷猶，①
蹇ㄐㄧㄢˇ jiǎn 誰留兮中洲？②
美要ㄧㄠ yāo 眇ㄇㄧㄠˇ miǎo 兮宜修，③
沛吾乘兮桂舟。④
令沅湘兮無波，⑤
使江水兮安流。⑥
望夫君兮未來，⑦
吹參差兮誰思？⑧
駕飛龍兮北征，⑨

【語譯】

你猶猶豫豫地不肯前來，
是為誰而逗留在沙洲中呢？
（以上兩句巫者所唱。）
我打扮得美好，
乘著桂舟沛然前進。
我命沅水、湘水安靜無波，
又叫長江水平穩地流。
（以上四句湘君所唱。）
盼望著你而你卻不來，
我吹著簫在想念誰啊？
（以上兩句巫者所唱。）
駕著飛龍往北行進，

邅（zhān）吾道兮洞庭。⑩
薜荔柏兮蕙綢，⑪
蓀橈（náo）兮蘭旌。⑫
望涔（cén）陽兮極浦，⑬
橫大江兮揚靈。⑭
揚靈兮未極，⑮
女嬋（chán）媛（yuán）兮為余太息。⑯
橫流涕兮潺（chán）湲（yuán），⑰
隱思君兮陫側。⑱
桂櫂（zhào）兮蘭枻（yì），⑲
斲（zhuó）冰兮積雪。⑳
采薜荔兮水中，
搴（qiān）芙蓉兮木末。㉑
心不同兮媒勞，㉒
恩不甚兮輕絕。㉓

我轉向洞庭湖而去。
薜荔裝飾著船艙，蕙草作為帷幕；
划著蓀草裝飾的船槳，插著蘭草的旌旗。
望著遠方涔陽的水濱，
我橫越大江，顯現威靈。（以上六句湘君所唱。）
你現了威靈，卻不肯前來，
侍女都關切地為我歎息。
我潸潸地流著眼淚，
思念你啊悲痛不已。
（以上四句巫者所唱。自此以下至篇末皆巫者所唱。）
划著桂槳和蘭槳，
敲擊著冰雪前進。
我好比在水中採擷薜荔，
又像到樹梢摘取芙蓉。
心意不同，媒人只有徒勞往返；
交情不深厚，你輕易地就不和我來往。

石瀨兮淺淺[ㄐㄧㄢ jiān]，㉔
飛龍兮翩翩。㉕
交不忠兮怨長，㉖
期不信兮告余以不閒。㉗
朝騁騖[ㄨˋ wù]兮江皐[ㄍㄠ gāo]，㉘
夕弭[ㄇㄧˇ mǐ]節兮北渚[ㄓㄨˇ zhǔ]。㉙
鳥次兮屋上，㉚
水周兮堂下。㉛
捐余玦[ㄐㄩㄝˊ jué]兮江中，㉜
遺余佩兮醴[ㄌㄧˇ lǐ]浦。㉝
采芳洲兮杜若，㉞
將以遺[ㄨㄟˋ wèi]兮下女。㉟
時不可兮再得，㊱
聊逍遙兮容與。㊲

石瀨之間水流很急，
你駕著飛龍翩翩地離去。
交友不忠啊令我怨恨不已，
不守信約啊卻告訴我說沒有空閒。
早上我奔馳於江邊，
傍晚在北渚休息。
鳥棲息於屋上，
水環繞著四周而流。
把我的玉玦丟棄在大江中，
把我的玉佩拋棄在醴水旁。
我到芳洲去摘採杜若，
想要送給你的侍女。
機會是很難再得到的，
我只有暫且寬心地在這裡逍遙徜徉。

【註釋】

①君：指湘君。夷猶：猶豫、遲疑不決。

②蹇（ㄐㄧㄢˇ）：發語詞，無義。中洲：洲中，沙洲中。

③要眇（ㄧㄠ ㄇㄧㄠˇ）：美好的樣子。宜修：適宜修飾打扮。

④沛：行貌。吾：指湘君。桂舟：桂木所造之舟。

⑤沅、湘：均水名。

⑥江：長江。

⑦夫：指示詞，相當於「那」；君，指湘君。

⑧參差：即簫。誰思：即思誰，意思是不想念你還會想念誰？

⑨駕飛龍：以飛龍駕車。北征：往北而去。

⑩邅（ㄓㄢ）：迴轉，轉向某處行去之意。洞庭：洞庭湖。

⑪柏：柏，船艙之壁；薜荔柏，以薜荔飾船艙。綢：帷帳；蕙綢，以蕙草為帷帳。

⑫橈（ㄋㄠˊ）：船槳；蓀橈，以蓀草裝飾船槳。蘭旌：以蘭草為旌旗。

⑬涔（ㄘㄣˊ）陽：地名。極：遠；浦：水濱。極浦：遠方的水濱。

⑭大江：指長江。揚靈，顯現威靈。

⑮極：至。整句是巫者在說，湘君雖在江上揚靈，卻不肯到我這裡來。

⑯女：侍女，指巫者之侍女。嬋媛（ㄔㄢˊ ㄩㄢˊ）：眷戀牽掛的樣子。

⑰潺湲：音ㄔㄢˊ ㄩㄢˊ，形容流涕的樣子。
⑱隱：痛；隱思君，因想念你而覺悲痛。君，指湘君。悱側：即悱惻，悲痛的樣子。
⑲櫂（ㄓㄠˋ）：船槳；桂櫂，以桂木為槳。枻（ㄧˋ）：也是船槳；蘭枻，以蘭木為槳。
⑳斲（ㄓㄨㄛˊ）：同斫，這裡有敲擊的意思。整句是說，敲冰雪前進，比喻艱難。
㉑搴（ㄑㄧㄢ）：摘取。木末：樹梢。
（以上兩句比喻徒勞無功。因薜荔生於樹上，芙蓉長在水中，今反其道而行，故徒勞無功。）
㉒媒：媒人；媒勞，是說雖有媒人，也是徒勞。
㉓恩：情意；恩不甚，情意不夠深厚。輕絕：輕易地就斷絕了來往。
㉔石瀨：石灘間的激流。淺淺（ㄐㄧㄢ）：水流很急。
㉕翩翩：飛翔很迅疾。這句是說，湘君已走得無影無踪。
㉖交不忠：是說交友不守朋友之道。
㉗期：約定；不信，不守信約。期不信，是說約好了卻不守信。告余以不閒：告訴我說，他沒有空閒。
㉘騁騖（ㄨˋ）：即奔馳之意。江皋（ㄍㄠ）：江邊。
㉙弭（ㄇㄧˇ）節：止息、休息。渚（ㄓㄨˇ）：小沙洲。
㉚次：止，棲息。
㉛周：環繞。

㉜捐：棄。玦（ㄐㄩㄝˊ）：玉佩之一種。

㉝遺：棄。醴（ㄌㄧˇ）：水名。醴浦，醴水之濱。

㉞芳洲：生長芳草之沙洲。杜若：香草。

㉟遺（ㄨㄟˋ）：贈送。下女：指湘君之侍女。其實是送給湘君，因表示恭敬，不敢明指，所以說下女。

㊱時：指相會之時。

㊲容與：安詳舒徐的樣子。

【賞析】

〈湘君〉和下一篇的〈湘夫人〉是〈九歌〉最著名的兩篇。〈九歌〉中的人神戀愛色彩，以這兩篇最為濃厚。從文字和結構上看，這兩篇也有很多相似的地方。然而，人們所以常將兩篇相提並論，最重要的原因可能是，湘君和湘夫人明顯地是互有關係的兩個神。但一談到這兩個神的性質，則又眾說紛紜，莫衷一是。根據古代的傳說，舜的妻子是堯的兩個女兒娥皇和女英。舜後來南巡，死在蒼梧，娥皇、女英也跟著跳湘水自殺。有人就根據這個傳說，說娥皇、女英死後成湘水之神，湘夫人指的是她們兩人。有人又以為，是湘君指這兩人。又有人說，湘君指娥皇，湘夫人指女英。但是，後來又有人認為，這些說法都不對；他們說，湘君、湘夫人是一回事，娥皇、女英又是一回事，兩者根本扯不到一塊。湘君是湘水之神（男神），而湘夫人則是湘水的女神，兩人是一對配偶神，也就是說，湘君、湘夫人是夫妻關係。有些人大致接受這個看法，但反對說他們兩個是夫妻。不論如何，現代人大致承認，湘君是男神，湘夫人是女神，兩人都是湘水之神。湘水有兩個神並不奇怪。湘水是湖南境內最大的河川，在古代農業社會，湘水的灌溉功能直接影響到楚國人的生活。楚國人特別崇奉湘水之神，又同時有男神、女神兩個，是可以理解的。

從歌辭上推測，祭祀湘君時，是由男巫扮演湘君，由女巫扮演主祭的人。全篇由女巫對湘君的追求、思慕之情，來表示楚國人民對湘君的崇敬與嚮往。但整個說起來，這一篇並不好讀。主要的原因是，哪些句子指女巫，哪些句子指湘君，大家並沒有相當一致的看法。我們從頭讀下去，即可了解問題之所在。

開頭兩句由女巫唱出她對湘君的抱怨，抱怨他不肯前來人間接受人們的崇奉與禮拜：

你猶猶豫豫地不肯前來，是為誰而逗留在沙洲中呢？

接下去的四句是這樣的：

我打扮得美好，乘著桂舟沛然前進。
我命沅水、湘水安靜無波，又叫長江水平穩地流。

這幾句一般認為也是女巫在說話，是女巫打扮得美好，乘著桂舟要去接湘君。但這樣講有點不妥，因後兩句說：

令沅湘兮無波，
使江水兮安流。

這應該是湘水之神的口氣，只有湘水之神有這種本事，女巫應該是不會這樣說話的。所以說這四句是湘君所唱，似乎比較妥當。

女巫抱怨湘君不來，而湘君還好整以暇的在湘水上乘著桂舟逐波而遊，所以女巫接著又歎息說：

盼望著你而你不來，我吹著簫在想念誰啊？

然而，雖然女巫這樣感歎，湘君還是不來，甚至遊到更遠的洞庭湖去了：

駕著飛龍往北行進，我轉向洞庭湖而去。
薜荔裝飾著船艙，蕙草作為帷幕；划著蓀草裝飾的船槳，插著蘭草的旌旗。
望著遠方涔陽的水濱，我橫越大江，顯現威靈。

這六句也有人說是指女巫，是女巫看湘君還是不來，所以把船划到更遠的洞庭湖去接。照我們的講法，是湘君不理會女巫的祈盼，反而跑得更遠，所以女巫只有更加傷心，以致流淚了：

你現了威靈，卻不肯前來，侍女都關切地為我歎息。
我潸潸地流著眼淚，思念你啊悲痛不已。

照另一種講法，是女巫乘著船一路追湘君追到洞庭湖，而湘君總是不肯現身，所以她最後只有傷心地哭了。照我們的講法，則祭祀時是由女巫和湘君（男巫扮演）輪唱。先是女巫抱怨湘君不來，接著湘君唱說他在水上遨遊；女巫又進一步抱怨，湘君卻跑得更遠，到洞庭湖去，故意現身，卻不肯降臨；所以女巫只好「橫流涕兮潺湲」（潸潸地流眼淚）。

湘君這樣的捉弄人，底下以至整首祭歌結束，完全是女巫一連串的抱怨、痛罵，以及自我安慰：

划著桂槳和蘭槳，敲擊著冰雪前進。
我好比在水中採擷薜荔，又像到樹梢摘取芙蓉。
心意不同，媒人只有徒勞往返；交情不深厚，你輕易地就不和我來往。

開始四句，女巫藉各種事情比喻追求湘君的困難。後面兩句，乾脆罵起湘君，說他心意和自己不同，輕易和自己絕交。唱到這裡，眼看著湘君竟駕著龍車，去得無影無蹤，不禁又再痛罵起來：

石瀨之間水流很急，你駕著飛龍翩翩地離去。
交友不忠啊令我怨恨不已，不守信約啊卻告訴我說沒有空閒。

後面兩句，完全是一副痴心女子罵負心漢的口氣。「不守信約啊卻告訴我說沒有空閒」，刻劃的的確是薄倖人的寡情寡義。

不管再怎麼怨恨，湘君還是走了，女巫只有設法安慰自己：

早上我奔馳於江邊，傍晚在北渚休息。

在江邊奔馳了一整天，等湘君等了一整天，現在她準備休息了：

鳥棲息於屋上，水環繞四周而流。

這是她休息的場所。但是她還是越想越氣，不禁：

把我的玉玦丟棄在大江中，把我的玉佩拋棄在醴水旁。

這玉玦與玉佩，可能是打算見面時送給湘君的。現在想起他的無情，只有拿這些東西出氣。然而，丟是丟了，還是沒有辦法決絕，還是想跟他來往，所以：

我到芳洲去摘採杜若，想要送給你的侍女。

還是不死心，還是想等待機會。最後她說：

機會是很難再得到的，我只有暫且寬心地在這裡逍遙徜徉。

足見她的自我安慰只是要養精蓄銳的等待下一個機會的來臨，足見她的不死心。

從這首〈湘君〉中，我們很明白地體會到了所謂〈九歌〉的人神戀愛到底是怎麼一回事。以我們現在祭神時那種莊嚴肅穆的氣氛來衡量，我們可能要對楚國人祭禮中的「不莊重」大吃一驚。然而，根據人類學家的說法，人類早期的祭神儀式卻常常是採取這種追求形式的。不過，楚國人把這個追求形式寫得這樣美，這樣煞有介事，完全是人間的愛情遊戲一般，足見他們的藝術天才確實不同凡響。

（四）湘夫人

【原詩】

帝子降兮北渚（ㄓㄨˇ zhǔ），①
目眇眇（ㄇㄧㄠˇ miǎo）兮愁予。②
嫋嫋（ㄋㄧㄠˇ niǎo）兮秋風，③
洞庭波兮木葉下。④
登白薠（ㄈㄢˊ fán）兮騁望，⑤
與佳期兮夕張。⑥
鳥何萃兮蘋中？⑦
罾（ㄗㄥ zēng）何為兮木上？⑧
沅有茝（ㄔㄞˇ chǎi）兮醴（ㄌㄧˇ lǐ）有蘭，⑨
思公子兮未敢言。⑩

【語譯】

帝子降臨到北邊的沙洲，
遠望而不見啊，令我生愁。
微微的秋風吹拂著，
洞庭湖生起了波浪，樹葉紛紛地落下。
登上白薠眺望，
與佳人約好了，傍晚正準備接待她。
但為何鳥棲息在浮萍中？
為何魚網又掛在樹木上？
（蘋生水中，鳥不當棲在這裡，魚網也不應掛在樹上。兆頭不好，是否佳人不來了？）
沅水有白芷啊，醴水有蘭草。
想念你啊，不敢說出口。

荒忽兮遠望，⑪
觀流水兮潺湲。
麋（ㄇㄧˊ mí）何食兮庭中？⑫
蛟何為兮水裔？⑬
朝馳余馬兮江皋（ㄍㄠ gāo），⑭
夕濟兮西澨（ㄕˋ shì）。⑮
聞佳人兮召余，
將騰駕兮偕（ㄒㄧㄝˊ xié）逝。⑯
築室兮水中，
葺（ㄑㄧˋ qì）之兮荷蓋。⑰
蓀壁兮紫壇，⑱
播芳椒兮成堂。⑲
桂棟兮蘭橑（ㄌㄠˇ lǎo），⑳
辛夷楣（ㄇㄟˊ méi）兮葯房。㉑
罔薜荔兮為帷，㉒
擗（ㄆㄧˋ pì）蕙櫋（ㄇㄧㄢˊ mián）兮既張。㉓
白玉兮為鎮，㉔

恍恍惚惚地翹首遠望，
看那流水潺湲地流著。
麋鹿為何在庭中吃草呢？
蛟龍又為何在淺灘上？（也是兆頭不好的意思。）
早上啊我駕著馬在江邊奔馳，
傍晚啊渡到了西岸。
聽說佳人在召喚我，
我要跟你駕車遠去。
我在水中造房子，
蓋上荷葉的屋頂。
蓀草飾屋壁，紫貝殼鋪庭院，
廳堂裡撒上芳椒。
桂木作棟梁，蘭木作屋椽，
辛夷為門梁，白芷飾臥房。
把薜荔結作帷帳，
又掛蕙草在屋簷上。
白玉壓住席子，

疏石蘭兮為芳。㉕
芷葺兮荷屋，㉖
繚（ㄌㄧㄠˊ liáo）之兮杜衡。㉗
合百草兮實庭，㉘
建芳馨兮廡（ㄨˇ wǔ）門。㉙
九嶷（ㄧˊ yí）繽兮並迎，㉚
靈之來兮如雲。㉛
捐余袂（ㄇㄟˋ mèi）兮江中，㉜
遺余褋（ㄉㄧㄝˊ dié）兮澧浦。㉝
搴（ㄑㄧㄢ qiān）汀（ㄊㄧㄥ tīng）洲兮杜若，㉞
將以遺（ㄨㄟˋ wèi）兮遠者。㉟
時不可兮驟得，㊱
聊逍遙兮容與。㊲

散布石蘭，增加芳香。
白芷蓋在荷葉的屋頂上，
再用杜衡來纏繞。
庭院裡種滿了百草，
又築起芳馨的門廊。
九嶷諸神也繽紛地來迎接你。
他們如雲彩似的紛紛降臨。
把我的衣袖丟棄在大江中，
把我的短衣拋棄在醴水旁。
摘取汀洲的杜若，
想要送給遠方的你。
機會不能立刻就得到，
我只有暫且寬心地在這裡逍遙徜徉。

【註釋】

① 帝子：指湘夫人，古時「子」可以兼指男女。渚（ㄓㄨˇ）：小沙洲。

②眇眇（ㄇㄧㄠˇ）：遠望而不見的樣子。愁予：使我生愁。予，指祭神的巫者。

③嫋嫋（ㄋㄧㄠˇ）：形容秋風悠長的樣子。

④波：動詞，生波。木葉下：樹葉落下。

⑤白薠（ㄈㄢˊ）：草名。騁望：極目遠望。

⑥佳：佳人，指湘夫人。期：約。張：陳設，準備接待湘夫人。

⑦萃：聚集。

⑧罾（ㄗㄥ）：魚網。

⑨沅、醴（ㄌㄧˇ）：均為水名。茝（ㄔㄞˇ）：即白芷。

⑩公子：指湘夫人，古時「公子」為男女通稱。

⑪荒忽：即恍惚，形容神情迷亂。

⑫麋（ㄇㄧˊ）：似鹿而大。

⑬裔（ㄧˋ）：水邊。

⑭余：指巫者。江皋（ㄍㄠ）：江邊。

⑮濟：渡。澨（ㄕˋ）：水濱。

⑯騰駕：即駕車奔馳之意。偕（ㄒㄧㄝˊ）逝：一起到他處去。

⑰葺（ㄑㄧˋ）：覆蓋。整句是說，以荷葉為屋頂。

⑱蓀壁：以蓀草飾屋壁。紫壇：以紫貝殼為庭院。

⑲ 整句是說，在堂中播撒芳椒。
⑳ 桂棟：以桂木為棟梁。蘭橑（ㄌㄠˇ）：以蘭木為屋椽（ㄔㄨㄢˊ chuán）。
㉑ 辛夷楣（ㄇㄟˊ）：以辛夷為門上橫梁。藥：白芷，藥房，以白芷裝飾臥房。
㉒ 罔：同網，結的意思。
㉓ 擗（ㄆㄧˇ）：分開。櫋（ㄇㄧㄢˊ）：屋簷。擗蕙櫋，把蕙草分開，掛在屋簷上。既張：已設好之意。
是說，已把蕙草掛好。
㉔ 鎮：壓席之物。
㉕ 疏：散布。為芳：增加芳香之氣。
㉖ 整句是說，以芷和荷蓋屋頂。
㉗ 繚（ㄌㄧㄠˊ）：纏繞。
㉘ 實庭：置滿庭中。
㉙ 廡（ㄨˇ）：門廊。
㉚ 九嶷（ㄧˊ）：山名。繽：繽紛。整句是說，九嶷山的眾神也都來迎接湘夫人。
㉛ 靈：指九嶷山諸神。如雲：形容眾多。
㉜ 捐：棄。袂（ㄇㄟˋ）：衣袖。
㉝ 遺：棄。褋（ㄌㄧㄝˊ）：短衣。醴浦：醴水水濱
㉞ 搴（ㄑㄧㄢ）：摘取。汀（ㄊㄧㄥ）洲：水邊平地。杜若：香草。

㉟ 遺（ㄨㄟˋ）：贈送。遠方：遠方的人，指湘夫人。
㊱ 時：指相見之時。
㊲ 容與：安詳舒徐的樣子。

【賞析】

關於湘夫人這位神靈，在前一首歌中已提過了。她是湘水的女神，很可能是湘君的夫人，但不太能確定。除此之外，還有一點值得說明。這首歌一開始就稱湘夫人為「帝子」，這「帝子」應該如何解釋呢？以前的人大都相信湘夫人是指女英，女英既然是堯的女兒，當然可稱之為帝子。但現代人大都不認為湘夫人非指女英不可，這「帝子」又該如何講呢？根據古書的記載，湘夫人很可能是天帝之女（上帝的女兒）。既是如此，稱她為「帝子」就更為順理成章的了。

這篇〈湘夫人〉所祭祀的既然是女神，那麼，主祭的是男巫也是可想而知的。歌中的人神戀愛色彩，和〈湘君篇〉一樣濃厚，不同的是，湘君是女巫追男神，而這裡則是男巫追女神。還有一點差別是，在〈湘君〉裡，湘君可能在祭禮過程中出來唱過幾句，而在這首〈湘夫人〉裡，自始至終都是男巫在唱，是男巫在表達他對女神的思慕之情。

〈湘夫人〉開頭四句，是〈九歌〉中有數的名句：

帝子降兮北渚，
目眇眇兮愁予。
嫋嫋兮秋風，
洞庭波兮木葉下。

帝子降臨到北邊的沙洲，
遠望而不見啊，令我生愁。
微微的秋風吹拂著，
洞庭湖生起了波浪，樹葉紛紛地落下。

湘夫人到底有沒有降臨呢？誰也不知道。但在男巫熱切的企盼中，好像是看她降臨到那遠遠的北邊的沙洲。於是望啊望的，卻始終沒望到。一句「目眇眇兮愁予」，真是把那翹首思慕的情景寫得再生動也沒有了。但更好的是下面兩句。是望而不見，令我生愁。這愁如何呢？詩人卻不說，只說「嫋嫋兮秋風，洞庭波兮木葉下」。這嫋嫋的秋風含有多少愁呢？你能想像嗎？你是想像不盡的。你想像有多少它就有多少。這真是所謂餘音裊裊了。這是中國文學中寫愛情最著名的句子之一。

男巫為什麼這樣鍥而不捨的遠望呢？原來他早已和湘夫人約好了：

登上白薠眺望，與佳人約好了，傍晚正準備接待。

於是雖「目眇眇」而不見，仍然再登上白薠遠望。然而還是不來，反而看到一些不尋常的景象：

但為何鳥棲息在浮萍中？為何魚網又掛在樹木上？

這樣反常的情形，是不是表示兆頭不吉利，佳人要失約了呢？然而還是不相信佳人真的會失約，還是繼續地遠望。望啊望啊，望到的是那沅水旁的白芷和醴水旁的蘭草：

沅有茝兮醴有蘭，
思公子兮未敢言。

沅水有白芷啊，醴水有蘭草，
想念你啊，不敢說出口。

那白芷、那蘭草，如此的芬芳，宛如那令人崇拜的女神的高潔。真是可望而不可即，想在心裡而不敢說出口。然而，這樣的望著望著，竟覺得心神漸漸地迷惘起來：

恍恍惚惚地翹首遠望，看那流水潺潺地流著。

當那男巫如此的唱著，那潺潺的流水就宛如他訴不盡的情意，也宛如那訴不盡的哀傷。而很不幸地，他又再次看到反常的景象：

麋鹿為何在庭中吃草呢？蛟龍為何在淺灘上？

似乎真的兆頭越來越不利，似乎真的他要失意而歸了。然而，他不讓自己失望，他立刻為自己打氣。

早上啊我駕著馬在江邊奔馳，傍晚啊渡到了西岸。
聽說佳人在召喚我，我要跟她駕車遠去。

他再度提醒自己：他已跟佳人約好了，而且是佳人在召喚他，何況他已奔馳了一整天，他不能就此放棄。那麼，不管如何，不管佳人來不來，既已到了約好的黃昏時間，就立刻開始著手準備接待吧：

我在水中造房子，蓋上荷葉的屋頂。
蓀草飾屋壁，紫貝殼鋪庭院，廳堂裡撒上芳椒。
桂木作棟樑，蘭木作屋椽，辛夷為門樑，白芷飾臥房。
把薜荔結作帷帳，又掛蕙草在屋簷上。
白玉壓住席子，散布石蘭，增加芳香。
白芷蓋在荷葉的屋頂上，再用杜衡來纏繞。
庭院裡種滿了百草，又築起芳馨的門廊。

這一段對於居室的描寫，非常值得注意。這裡所提到的香草計有；荷、蓀、椒、桂、蘭、辛夷、白芷、薜荔、蕙、石蘭、杜衡。《楚辭》以描寫「香草美人」著稱，在這裡，我們充分看到香草的一面。我們可以想像，兩千多年前的楚國人，在祭祀神靈時，祭壇上是怎樣的一個芬芳的香草世界啊！譬如他們一定在祭祀湘夫人時，在水邊（甚或水上）築上一個如上面所描寫的精製的香屋，再叫一個披滿香花香草的男巫在旁邊盼望呼喚，以等候女神的降臨。這樣一種宗教崇拜，確實是很富羅曼蒂克，很令生活在烏煙瘴氣的工業文明之下的現代人嚮往的了。

然而，言歸正傳，現在屋子是造好了。不但造好了，而且：

九嶷諸神也繽紛地來迎接你。他們如雲彩似的紛紛降臨。

似乎天上、人間都在共同等候女神湘夫人的榮寵與光臨。然而，來了沒有呢？詩裡並沒有正面說出，只在下面接著說：

把我的衣袖丟棄在大江中，把我的短衣拋棄在醴水旁。
摘取汀洲的杜若，想要送給遠方的你。
機會不能立刻就得到，我只有暫且寬心地在這裡逍遙徜徉。

很明顯，這和〈湘君〉的結尾幾乎一模一樣。可見湘夫人到底也和湘君一樣地失約了，男巫才會氣憤地把作為禮物的衣袖和短衣丟掉，接著又回心轉意，又想採摘杜若送給湘夫人，又安慰自己寬心地等待下一次的機會。從〈湘君〉和〈湘夫人〉兩篇看起來，古代的楚國人到底把神看成是很神秘、很超乎人類想像的「人物」，才會這樣極盡人間追求的能事，而他們還是吝於惠然光臨。

(五) 大司命

【原詩】

廣開兮天門，
紛吾乘兮玄雲。①
令飄風兮先驅，②
使涷(ㄉㄨㄥ dōng)雨兮灑塵。③
君迴翔兮以下，④
踰空桑兮從女。⑤
紛總總兮九州，⑥
何壽夭兮在予？⑦
高飛兮安翔，⑧

【語譯】

廣開著天門，
我乘著眾多的玄雲。
命旋風在前面引導，
又叫暴雨洗塵清道。
（以上四句大司命所唱。）
你盤旋著降臨，
我越過空桑山去跟隨著你。
（以上兩句巫者所唱。）
這麼廣大，人口眾多的天下啊，
怎麼壽命的長短都在我的掌握之下？
（以上兩句大司命所唱。）
在高空中慢慢地飛翔，

乘清氣兮御陰陽。⑨
吾與君兮齋速，⑩
導帝之兮九坑。⑪

靈衣兮被被（ㄆㄧ pī），⑫
玉佩兮陸離。⑬
壹陰兮壹陽，⑭
眾莫知兮余之所為。⑮

折疏麻兮瑤華，⑯
將以遺（ㄨㄟˋ wèi）兮離居。⑰
老冉冉兮既極，⑱
不寖近兮愈疏。⑲

乘龍兮轔轔，⑳
高馳兮沖天。

乘著天地的清氣和陰陽之氣。
我和你又迅速地遠去，
引導著天帝周遊天下的大山。
（以上四句巫者所唱。）
我長長的衣服隨風飄揚，
玉佩上的彩色鮮豔奪目。
天地啊一陰一陽地變化著，
廣大的人們啊完全不知道我的作為。
（以上四句大司命所唱。）
我折下疏麻如玉似的白花，
要送給遠方的人。
年紀是漸漸地老了，
不再親近啊，會更加地疏遠。
（以上四句巫者所唱；自此以下至篇末皆巫者所唱。）
你乘著轔轔的龍車，
往高空中飛馳而去。

結桂枝兮延竚，㉑
羌愈思兮愁人。㉒
愁人兮奈何，
願若今兮無虧。㉓
固人命兮有當，㉔
孰離合兮可為？㉕

我折著桂枝翹首竚立，
愈是思念啊，愈是令人發愁。
憂愁啊又能奈何？
但願能像現在一樣的感情永不衰歇。
人生本來有命啊，
是離是合，誰又有什麼辦法？

【註釋】

①紛：指雲之盛。吾：指大司命。玄雲：黑雲。
②飄風：旋風。先驅：在前引導。
③涷（ㄉㄨㄥ）雨：暴雨。灑塵：灑清道路。
④君：祭神的巫者稱呼大司命。廻翔：盤旋。
⑤踰：越。空桑：傳說中的山。女：同汝，指大司命。這是說，祭神的巫者要去跟隨著大司命。
⑥紛總總：形容眾多的樣子。九州：即天下之意。
⑦壽夭：壽命的長短。予：指大司命。
⑧安翔：慢慢地飛翔。

⑨乘清、陰陽：都是指天地之氣。御：也是「乘」的意思。
⑩吾：指巫者；君，指大司命。齋速：迅速之意。
⑪帝：天帝、上帝。之：往。九坑：九州之山，亦即天下之意。
⑫被被（ㄆㄧ）：長長的樣子。
⑬陸離：文彩極盛的樣子。
⑭壹陰、壹陽：指天地陰陽之變化。
⑮余：指大司命。
⑯瑤華：指疏麻的花；花色如瑤玉般美，所以說「瑤華」。
⑰遺（ㄨㄟˋ）：贈送。離居：與自己分別的人，這裡指大司命。
⑱冉冉：漸漸地。極：至。
⑲寖（ㄐㄧㄣˋ）近：稍稍親近。愈疏：更加疏遠。
⑳轔轔（ㄌㄧㄣˊ）：車聲。
㉑結桂枝：手折桂枝而持著。延竚（ㄓㄨˋ）：久立。
㉒羌（ㄑㄧㄤ）：發語詞，無義。
㉓若今：像現在。無虧，是說感情不衰歇，即感情永存之意。
㉔固：本來。有當：有定數，即人生有命之意。
㉕孰：誰。可為：有所作為，有辦法之意。

【賞析】

大司命和下一篇的少司命，正如湘君和湘夫人一般，是一對互有關係的神。不同的是，湘君和湘夫人為一男一女，而大司命、少司命則都是男神。顧名思義，所謂「司命」即主管命運之意，可見這兩人都是命運之神。命運之神為何有大、小之分，而其分別又在哪裡呢？關於這些問題，學者也沒有辦法完全弄清楚。不過，從這兩首歌看來，大司命、少司命的職掌確是有所不同。我們讀過歌辭，即可有所了解。

在結構上，〈大司命〉和〈湘君〉有些類似，那就是，由男巫扮演神靈，由女巫扮演主祭者，兩人在祭祀的場合輪唱。大司命一開始，即是神靈的出現。他大聲唱著：

廣開兮天門，　　廣開著天門，
紛吾乘兮玄雲。　我乘著眾多的玄雲。
令飄風兮先驅，　命旋風在前面引導，
使涷雨兮灑塵。　又叫暴雨洗塵清道。

為什麼說他「大聲」唱呢？這是從他出門的派頭想像出來的。你看他出門之先，是天門廣開著，可以推想到他地位之高與僕從之盛。最特殊的是他乘的居然是「玄雲」（黑雲）這在〈九歌〉中是絕無僅有的。不但如此，他還有那「先驅」與「灑塵」的先鋒，而這先鋒是旋風與暴雨。跟他一起出現的是烏雲、旋風與暴雨，其威勢真是可想而知了。確實是氣勢懾人，令人不敢仰視的命運之神。由此當然可以想像他出門的氣派，以及他的「高唱入雲」。

他一出現，巫者立刻接著唱：

你盤旋著降臨，我越過空桑山去跟隨著你。

看他一出現，巫者立刻跟了上去，一副誠惶誠恐的子。而接著這大司命又唱出不同凡響的兩句：

紛總總兮九州，　　這麼廣大，人口眾多的天下啊，
何壽夭兮在予？　　怎麼壽命的長短都在我的掌握之下？

口氣多大！多少人的生死大權操在他手上。可見他的確是掌管生殺的命運之神。由此，也可了解烏雲、旋風、暴雨與他一起出現之理所當然了。他真是一位黑臉包公似的人物。

接著是巫者唱出他們一起漫遊的情景：

在高空中慢慢地飛翔，乘著天地的清氣和陰陽之氣。
我和你又迅速地遠去，引導著天帝周遊天下的大山。

這裡令人不解的是，他們為什麼又去引導天帝周遊天下。但這大司命有資格當天帝的「導遊」，也可見其地位的不凡。

底下四句又是大司命在唱，他說：

我長長的衣服隨風飄揚，玉佩上的彩色鮮豔奪目。

這麼威靈赫赫的大司命之神，居然也穿得這麼「詩意」，楚國人真是夠浪漫的了。但是，大司命究竟是大司命，他的基本形象還是不變，你看他接著又唱：

壹陰兮壹陽，
眾莫知余之所為。

天地啊一陰一陽地變化，
廣大的人們啊完全不知道我的作為。

又是一副變化莫測，令人生畏的命運之神的模樣。

最後，大司命終於離開了，剩下孤獨的巫者唱出他對神靈的嚮往與思慕之情：

我折下疏麻如玉似的白花，要送給遠方的人。
年紀是漸漸地老了，不再親近啊，會更加地疏遠。

後面兩句（原文是：老冉冉兮既極，不寖近兮愈疏。）的確唱出了年華日漸老去的人，對已有的感情更加珍惜的心理。就是這種心理，使巫者在大司命離去之後，還念念不捨；還翹首遠望，遙向著神靈遠去的地方：

你乘著轔轔的龍車，往高空中飛馳而去。
我折著桂枝翹首竚立，愈是思念啊，愈是令人發愁。

然後，他只好自我安慰地唱著：

憂愁啊又能奈何？但願能像現在一樣的感情永不衰歇。
人生本來有命啊，是離是合，誰又有什麼辦法？

悲歡離合是任何人不能控制的，何況神靈還跟他一起遨遊過天下，足見對他還算有情，只要此情永存，他又有什麼好遺憾的呢？這也算善於寬慰自己了。本來嘛，離別之後，還知彼此有情，真是「但願人長久，千里共嬋娟」，足以自慰的了。

正如前面形容大司命瀟灑華麗的衣飾一般，我們也會覺得這麼可畏的命運之神，人們還這麼纏綿的去思念他，未免匪夷所思了。但也正如前面所說的，也足以體會到楚國人那種無所不在的浪漫情緒了。不過，這首祭歌的後半雖然具有著〈九歌〉慣有深情厚意，前半那種氣勢倒是很難得，很能配合命運之神的形象。

（六）少司命

【原詩】

秋蘭兮蘼（ㄇㄧˊ mí）蕪（ㄨˊ wú），①
羅生兮堂下。②
綠葉兮素華，③
芳菲菲兮襲予。④
夫人自有兮美子，⑤
蓀（ㄙㄨㄣ sūn）何以兮愁苦！⑥
秋蘭兮青青，⑦
綠葉兮紫莖。
滿堂兮美人，⑧
忽獨與余兮目成。⑨
入不言兮出不辭，⑩
乘回風兮載雲旗。⑪

【語譯】

秋蘭和蘼蕪，
羅生於堂下。
綠葉啊白花，
陣陣的香氣襲人。
人們自有好子孫，
你為何要替人愁苦？
青青的秋蘭啊，
翠綠的葉子，紫色的莖。
滿堂的美人啊，
你忽然獨獨地與我眉目傳情。
進來不說一句話，出去也不告辭，
你乘著旋風，載著雲旗離去。

悲莫悲兮生別離，
樂莫樂兮新相知。⑫
荷衣兮蕙帶，⑬
倏ㄕㄨˋ shù而來兮忽而逝。⑭
夕宿兮帝郊，⑮
君誰須兮雲之際？⑯
與女沐兮咸池，⑰
晞ㄒㄧ xī女髮兮陽ㄧㄤˊ yáng之阿ㄜ ē。⑱
望美人兮未來，⑲
臨風怳ㄏㄨㄤˇ huǎng兮浩歌。⑳
孔蓋兮翠旍ㄐㄧㄥ jīng，㉑
登九天兮撫彗星。
竦ㄙㄨㄥˇ sǒng長劍兮擁幼艾，㉒
蓀獨宜兮為民正。㉓

最可悲的沒有比生別離還悲哀了，
最快樂的莫過於新認識了你這個知己。
你穿著荷衣、繫著蕙帶；
倏然而來，又突然離開。
傍晚在天國郊外休息，
你到底在雲端等著誰？
盼望和你在咸池沐浴，
看你在暘谷曬乾頭髮。
望著望著你總不來，
叫我臨風悵惘，只有大聲歌唱。
你乘著孔雀蓋、翡翠旗的車子；
登上九天，手撫彗星。
高舉著長劍保護幼小的男女。
只有你才是萬民公正的主宰。

【註釋】

①蘼蕪（ㄇㄧˊ ㄨˊ）：香草。
②羅生：並列而生。
③素華：白花。
④芳菲菲：形容香氣極盛。予：指祭神的巫。
⑤夫：發語詞，無義。美子：好子孫。
⑥蓀（ㄙㄨㄣ）：香草，這裡指少司命。
⑦青青：茂盛的樣子。
⑧美人：指參與祭祀的其他女巫。
⑨目成：以目傳情。
⑩辭：告辭。
⑪回風：旋風。雲旗：以雲為旗。
⑫新相知：新認識一個知己。
⑬荷衣：以荷葉為衣。蕙帶：以蕙草為衣帶。
⑭倏（ㄕㄨˋ）：迅疾。逝：離去。
⑮帝郊：帝，指天帝、上帝；帝郊，是說天帝所在之附近。
⑯君：指少司命。須：等待；誰須，須誰，等待誰。

⑰女：同汝，指少司命。咸池：傳說中的天池。
⑱晞（ㄒㄧ）：曬乾。陽阿（ㄜ）：即暘（音ㄧㄤˊ）谷，太陽初升之地。
⑲美人：指少司命，古時美人一詞可以兼指男女。
⑳怳（ㄏㄨㄤˇ）：失意的樣子。浩歌：大聲歌唱。
㉑孔蓋：以孔雀羽毛為車蓋。旍，即旌。翠旍（ㄐㄧㄥ）：以翡翠羽毛為旌旗。
㉒竦（ㄙㄨㄥˇ）：有高舉之意。擁：保護。幼艾：美好的少年男女。
㉓民正：萬民的裁判、百姓的主宰。

【賞析】

少司命和大司命雖然同是命運之神，但性格迥然大異。大司命的開頭威勢逼人，而我們看，少司命的前四句是怎樣的柔媚啊：

秋蘭兮蘼蕪，　　秋蘭和蘼蕪，
羅生兮堂下。　　羅生於堂下。
綠葉兮素華，　　綠葉啊白花，

芳菲菲兮襲予。　　陣陣的香氣襲人。

在這樣的氣氛中，我們怎能想像一位鐵面無私的命運之神呢？果然在下面兩句裡，我們馬上知道，少司命的職責是要比大司命「可愛」多了：

人們自有好子孫，你為何要替人愁苦？

少司命擔心人家有沒有子孫，可見他是掌管人間子嗣的事情了。我們已經看到，大司命掌管的是人壽的長短，所以如果說，大司命決定人間的死亡，少司命則決定新生命的來到。一個是死亡之神，一個是生命之神。死亡的威勢與不可抗拒，生命的可愛與芳香迷人，在兩首歌的開頭四句就已表露無遺了。

這樣可愛的少司命之神，終於降臨祭壇了。你看他降臨的情形：

秋蘭兮青青，　　青青的秋蘭啊，
綠葉兮紫莖，　　翠綠的葉子，紫色的莖。
滿堂兮美人，　　滿堂的美人啊，

忽獨與余兮目成。　　你忽然獨獨地與我眉目傳情。

前面兩句，正如最開頭的四句，一樣的迷人，都是在描繪祭壇的情景。在這樣的芳香之園裡，少司命來臨了。在這樣的芳香之園裡，可以想像有多少的美女。而那少司命之神啊，卻一進來，立刻就望著我（指主祭的女巫），那眼神蘊含多少柔情。「滿堂兮美人，忽獨與余兮目成。」我們可以想像一個白馬王子，在千千萬萬的美人之中，一眼之下就選中他的白雪公主，你能想像那白雪公主的心情嗎？「滿堂兮美人，忽獨與余兮目成。」正是這無法形容的欣喜。

然而，正當那少女跳躍著無比欣喜的心，等那白馬王子伸手給她時，卻又突然轉身，一言不語迅速地離去：

入不言兮出不辭，　　進來不說一句話，出去也不告辭，
乘回風兮載雲旗。　　你乘著旋風，載著雲旗離去。

「入不言兮出不辭」，來去如風。說他無情，他又獨獨與我「目成」，說他有情，他又不吭一聲轉頭走了，心裡真不知是喜是悲，是該喜還是該悲：

悲莫悲兮生別離，
樂莫樂兮新相知。

最可悲的沒有比生別離還悲哀了，
最快樂的莫過於新認識了你這個知己。

獨立的來看，這兩句真是千古的名句。還有什麼比剛剛認識一個知己更高興的呢？又還有什麼比立刻又要跟他離別更悲哀的呢？而如果將這兩句放在這個場合，自「滿堂兮美人，忽獨與余兮目成」，一直到這裡，我們能想像這忽然被「看上」，突然卻又像棄若敝屣般的「拋棄」，我們能想像這少女的心情嗎？這「悲莫悲」與「樂莫樂」不正足以形容她那無法形容的既悲又樂、既樂又悲的複雜心情嗎？從「秋蘭兮青青」到這裡八句，寫這樣迅速的感情變化，真是令人只有純然的讚歎了。

因為前面各句是這樣地光彩耀目，後面的句子反而相形失色：

你穿著荷衣、繫著蕙帶；倏然而來，又突然離開。
傍晚在天國郊外休息，你到底在雲端等著誰？

接著她訴說自己的願望：

盼望和你在咸池沐浴，看你在暘谷曬乾頭髮。

這第二句也是名句（原文是：「晞女髮兮陽之阿」）有什麼能比看到自己的情人，站在高高的山上飛揚著頭髮更驕傲的呢？他那傲然獨立，真是讓你足以生死以之的了。然而，這只是幻想，畢竟那神是遠遠地去了，不可能再回來了，所以底下接著說：

望著望著你總不來，叫我臨風悵惘，只有大聲歌唱。

臨風高唱以忘憂（原文：臨風怳兮浩歌），也真是描寫失意人心境的好手筆。

然而，雖然他是走了，這麼絕情；畢竟在眾女之中他還是獨獨看上我的。於是，想像著他那倚天而獨立的英姿，也足以自傲，也足以自慰的了：

你乘著孔雀蓋、翡翠旗的車子；登上九天，手撫彗星。

高舉著長劍保護幼小的男女。

只有你真是萬民公正的主宰。

這裡的中間兩句：「登九天兮撫彗星，竦長劍兮擁幼艾」，寫那高高獨立的神明，真是令人莫敢仰視，佩服至極，膜拜至極的了。從「擁幼艾」也足以證明，少司命的確是保護幼小生命的命運之神。

就寫情而言，少司命的前半確是有數的名作了。後半也不差，但因前面太好，反而容易忽略後面的好處。像「晞女髮兮陽之阿」、「登九天兮撫彗星」、「竦長劍兮擁幼艾」，表現那孤高兀立的人格，形象真是無比的生動。

（七）東君

【原詩】

暾（tūn）將出兮東方，①
照吾檻（jiàn）兮扶桑。②
撫余馬兮安驅，③
夜皎皎兮既明。
駕龍輈（zhōu）兮乘雷，④
載雲旗兮委（wēi）蛇（yí）。⑤
長太息兮將上，
心低佪兮顧懷。⑥
羌（qiāng）聲色兮娛人，⑦
觀者憺（dàn）兮忘歸。⑧
緪（gēng）瑟兮交鼓，⑨

【語譯】

太陽要從東方出來了，
光芒照在我扶桑做的欄杆上。
撫勒著我的馬慢慢地走，
黑夜已變成皎皎明亮的白晝。（以上四句東君所唱。）
神靈駕著龍車，乘著雷氣，
又插著長長的雲旗。
長歎息地升到天上，
心中遲疑，捨不得離開居處。
他初升的彩色是多麼動人，
讓觀者都沈醉得忘了歸去。
我們彈著瑟、擂著鼓。

簫鐘兮瑤簴 jù。⑩
鳴鯱 chí 兮吹竽 yú，⑪
思靈保兮賢姱 kuā。⑫
翾 xuān 飛兮翠曾 zēng，⑬
展詩兮會舞。⑭
應律兮合節，⑮
靈之來兮蔽日。⑯
青雲衣兮白霓裳，⑰
舉長矢兮射天狼。⑱
操余弧兮反淪降，⑲
援北斗兮酌桂漿。⑳
撰 zhuàn 余轡兮高馳翔，㉑
杳 yǎo 冥冥兮以東行。㉒

敲著鐘，搖動了鐘架，
又吹著篪和竽；
我們的神巫是又美麗、又賢德。
我們慢慢地舞、迅速地舞，
一面唱著歌，大家一起跳舞，
應著旋律、合著節拍；
神靈來了，眾多的從者遮蔽了白日。
我穿著青雲的上衣，白霓的下裳，
舉起長箭來射天狼。
拿著我的弓，從天上下來，
提起北斗酌滿了桂漿。
拉著馬韁在高空中飛馳，
在幽暗中我又回到了東方。（以上六句東君所唱。）

【註釋】

①暾（ㄊㄨㄣ）：初升的太陽。
②吾：指東君。檻（ㄐㄧㄢˋ）：欄杆。扶桑：神木，東君所居以扶桑為檻。
③安驅：緩緩而行。
④輈（ㄓㄡ）：車轅，這裡指車子。乘雷：是說乘著雷氣而行。
⑤雲旗：以雲為旗。委蛇（ㄨㄟ ㄧˊ）：長的樣子，這裡形容旗子飄揚的樣子。
⑥低徊：遲疑、徘徊。顧懷：眷念不捨。
⑦羌（ㄑㄧㄤ）：發語詞，無義。
⑧憺（ㄉㄢˋ）：安，這裡有沈迷的意思。
⑨緪（ㄍㄥ）瑟：扭緊了絃；緪瑟，將瑟的絃扭緊。交鼓：兩人對著擂鼓。
⑩簫：擊；簫鐘，擊鐘。瑤簴，瑤，同搖；簴（ㄐㄩˋ）：鐘架。瑤簴，是說因擊鐘而鐘架搖動。
⑪鯱（ㄔˊ）：同篪，樂器，竹製。竽（ㄩˊ）：樂器。
⑫思：發語詞，無義。靈保：扮神的巫者。姱（ㄎㄨㄚ）：美好。
⑬翾（ㄒㄩㄢ）：小飛的樣子。翠：同踤（ㄘㄨㄟˋ），突然飛舞起來的樣子。曾：同翶（ㄗㄥ），飛舉。
⑭展詩：陳詩，即唱歌的意思。會舞：眾人合舞。
⑮應律：應合著旋律。合節：合著節拍。

⑯靈：指東君。蔽日：東君的從者眾多，所以遮蔽了太陽。
⑰青雲衣：以青雲為上衣。白霓裳：白霓為下裳。
⑱天狼：指天狼星。
⑲操：持，拿。余：指東君。弧：弓。反淪降：反，同返；反淪降，是指太陽西沉。
⑳援：拿起。北斗：北斗七星形似酒器。酌：酌酒。桂漿：桂酒，用桂泡浸的酒。
㉑撰（ㄓㄨㄢˋ）：持，拉。轡：馬韁。
㉒杳（ㄧㄠˇ）冥冥：幽暗的樣子。

【賞析】

東君是日神、太陽神。祭祀太陽神時，先由一巫者扮演太陽神出現在祭壇上，他唱著：

太陽要從東方出來了，光芒照在我扶桑做的欄杆上。
撫勒著我的馬慢慢地走，黑夜已變成皎皎明亮的白晝。

一天又開始了，太陽神必須巡天上一周。你看他騎著馬，慢慢地從東方出現，「撫余馬兮安驅，夜皎皎兮既明」，雖然沒有大司命之神出現時的威勢，但平靜的語調中自有一種威嚴。

地上的人們，對太陽神剛出現時的「撫余馬兮安驅」，卻又另有一番解釋：

神靈駕著龍車，乘著雷氣，又插著長長的雲旗。
長歎息地升到天上，心中遲疑，捨不得離開居處。

太陽初升時，總是非常地緩慢。而在人們看來，這彷彿是太陽神眷戀故居，不願意離開，一步三回頭地歎息著。如此的解釋朝日初升的情景，真可看出楚國人的富於想像力了。然而，初升的太陽雖然特別地緩慢，但也更為動人，所以人們接著唱：

他初升的彩色是多麼動人，讓觀者都沉醉得忘了歸去。

這兩句，也有人以為是指祭祀時歌舞的聲色娛人，而不是指朝陽彩色引人。但從上下文來看，似乎指朝陽要比較自然。

好，現在太陽終於高高地升到空中了，人們看著神靈居高臨下地照耀著他們，於是眾樂齊鳴，歌舞齊興，大家熱烈地、歡欣地慶祝神靈的光臨：

我們彈著瑟、擂著鼓。敲著鐘，搖動了鐘架；又吹著篪和竽。

我們的神巫是又美麗、又賢德。

這是描寫眾樂齊鳴。最後一句的神巫指的是扮演太陽神的巫者，可以想像這時的場面是太陽神在場中應合著急管繁絃，一個人迅速地急舞著，才會讓旁邊的人讚歎他們神巫的賢德又美麗。

我們慢慢地舞、迅速地舞，一面唱著歌，大家一起跳舞；

應著旋律、合著節拍；神靈來了，眾多的從者遮蔽了白日。

可以想像，在神巫的獨舞之後，一定是動人的大會舞。

然後，舞蹈停止了，音樂緩慢下來了，太陽開始下山了。接著又是太陽神一人獨唱著：

青雲衣兮白霓裳，　我穿著青雲的上衣，白霓的下裳，
舉長矢兮射天狼。　舉起長箭來射天狼。
操余弧兮反淪降，　拿著我的弓，從天上下來，
援北斗兮酌桂漿。　提起北斗酌滿了桂漿。

這裡寫太陽神，形象非常的生動，「舉長矢兮射天狼」、「援北斗兮酌桂漿」，可以想像天邊的太陽神那種偉岸與壯武，這正和〈少司命〉的「登九天兮撫彗星」、「竦長劍兮擁幼艾」一樣，都是寫廣闊的高空中，獨立著一長身的神靈，讓人由衷地興起欽慕、嚮往之情。

最後太陽神唱出了下面兩句：

撰余轡兮高馳翔，　拉著馬韁在高空中飛馳，
杳冥冥兮以東行。　在幽暗中我又回到了東方。

太陽完全下山了，天完全暗下來了。那落到西方的太陽神，又在天地的冥冥暗暗中回到了

東方。但現在雖然看不到太陽神了。他即將下山前「舉長矢兮射天狼」的英姿，仍然深深地印在我們的腦海裡。所以雖然他現在「杳冥冥兮以東行」，在我們的心眼中，我們仍彷彿看到他偉岸的身軀在幽暗之中大步而行。那無形象的形象，在我們的想像之中，反而更加的輝煌與閃耀。

雖然我們已不能知道，這首〈東君〉在兩千數百年前演唱的情形，但從文字來想像，仍可體會出整首歌的節奏。開頭兩段描寫太陽初升的情景，節奏一定比較緩慢。到了神靈完全現身，太陽升到高空，則是眾樂齊鳴的急管繁絃。我們從中間兩段描寫歌舞的文字，也可體會出這種情形。在這兩段裡，大部分的句子（請參考原文）都非常短促，大多是「××兮××」的短句。到了最後一段，太陽神要從天上下來了，句法完全是「×××兮×××」的長句。可以想像，這是全文中節奏最緩慢的地方。最開頭兩段的句法是「×××兮××」，介乎中段與末段之間。所以整首歌的節拍應該是：慢——最快——最慢。我們如留意原文句子長短的變化，一定可以體會出這種道理的。在〈九歌〉中，這是節奏最分明的一首。

（八）河伯

【原詩】

與女遊兮九河，①
衝風起兮橫波。②
乘水車兮荷蓋，③
駕兩龍兮驂（ㄘㄢ cān）螭（ㄔ chī）。④
登崑崙兮四望，⑤
心飛揚兮浩蕩。⑥
日將暮兮悵忘歸，⑦
惟極浦兮寤懷。⑧
魚鱗屋兮龍堂，⑨
紫貝闕（ㄑㄩㄝˋ què）兮朱宮。⑩
靈何為兮水中，⑪
乘白黿（ㄩㄢˊ yuán）兮逐文魚。⑫

【語譯】

我跟你到九河去遨游。
暴風掀起了波浪。
我們乘著水車，荷葉作車蓋，
駕著兩條龍，旁邊還有兩隻螭。
登上崑崙山縱目四望，
我心在飛揚飄蕩。
天快暗了，忘了歸去，是這般惆悵；
望著遠岸，心中是多麼不捨和眷念。
你有魚鱗屋和龍鱗堂。
又有珍珠和紫貝的宮闕；
你為何要住這水中？
乘坐著白黿，追逐著有斑紋的魚，

與女遊兮河之渚，⑬
流澌（ㄙ sī）紛兮將來下。⑭
子交手兮東行，⑮
送美人兮南浦。⑯
波滔滔兮來迎，
魚鄰鄰兮媵（ㄧㄥˋ yìng）予。⑰

你我到沙洲上遨遊，
碰到流冰紛紛地沖瀉下來。
你和我握手告別，向東方去。
我送你到南邊的水濱。
波浪滔滔地來迎接你，
魚兒成群地送我回去。

【註釋】

①女：同汝，指河伯。九河：古代九河可能特指某九條河流，但這裡可以泛指各處的河流。
②衝風：暴風。橫波：起波浪之意。
③荷蓋：以荷葉為車蓋。
④驂（ㄘㄢ）：古時四馬駕車，旁邊的兩隻馬叫驂；螭（ㄔ），似龍。驂螭，以螭為驂。
⑤崑崙：古時相傳為仙山。
⑥浩蕩：形容心胸開闊。
⑦悵忘歸：因惆悵而忘了歸去。
⑧惟：發語詞，無義。浦：水濱；極浦，遠方的水濱。寤懷：心中有所眷念。

⑨ 魚鱗屋：以魚鱗為屋。龍堂：以龍鱗為堂。
⑩ 闕（ㄑㄩㄝˋ）：門觀；紫貝闕：以紫貝殼為闕。朱，同珠；朱宮，以珠為宮。
⑪ 靈：指河伯。
⑫ 黿（ㄩㄢˊ）：大鱉。文，同紋；文魚，有紋彩的魚。
⑬ 河：指黃河。渚：小沙洲。
⑭ 流澌（ㄙ）：溶解的冰塊。紛：眾多的樣子。
⑮ 子：指河伯。交手：握手告別。
⑯ 美人：指河伯。古時候美人常指所思念、欽慕之人，男女兩性均可用。南浦：水之南岸。
⑰ 鄰鄰：眾多的樣子。媵（ㄧㄥˋ）：送。予：我，指祭神之巫。

【賞析】

河伯是黃河的河神。很多人覺得奇怪，楚國在南方，黃河在北方，風馬牛不相及，楚國人為什麼會祭祀起河伯來呢？但也許是黃河太有名了，根據文獻資料，楚國人後來也尊敬畏懼起這個北方的神靈。在〈九歌〉中，這大概是唯一從「外國」「輸入」的神吧！（太陽神、雲神、命運之神是各地都有的，未必楚國人非從北方「接來」不可，其他東皇太一、湘君、湘夫人、山鬼，則純粹是楚國「土產」。）

河伯的祭禮一開始，就是巫者陪伴河伯到處遨遊。他們先到各地的河流去遊賞：

我跟你到九河去遨遊，暴風掀起了波浪。

我們乘著水車，荷葉作車蓋；駕著兩條龍，旁邊還有兩隻螭。

然後他們直溯眾河的源頭，登上崑崙山：

登上崑崙山縱目四望，我心在飛揚飄蕩。

天快暗了，忘了歸去，是這般惆悵；望著遠岸，心中是多麼不捨和眷念。

前兩句（原文：登崑崙兮四望，心飛揚兮浩蕩）。寫登高山遠望，確實生動。就是因遠望而有一種飛揚飄蕩的感覺，才使得巫者捨不得回去。太陽下山了，又不得不走，心中極是惆悵。真是不得不走了。還屢屢回頭眺望。

然後他們來到了河伯的宮室：

你有魚鱗屋和龍鱗堂。又有珍珠和紫貝的宮闕；你為何要住這水中？

最後一句問得極是突兀好笑，充分表現凡人的好奇與純真。那彷彿是在說，我們都住在陸地上，你為何要住水中？如果人、魚可以對話，而魚問人說：「我們都住水裡，你們為何要在陸地蓋房子。」那的確也是又可笑又可愛的。

遊完了宮室，最後巡行河伯的轄地黃河了；

乘著白鼉，追逐著有斑紋的魚，你我到沙洲上遨遊，碰到流冰紛紛地沖瀉下來。

巫者好不容易有機會漫遊嚮往已久的黃河，卻遇上了黃河結冰解凍，真是有點掃興了。

終於，該看的都看了，該分手了：

你和我握手告別，向東方去。我送你到南邊的水濱。
波浪滔滔地來迎接你，魚兒成群地送我回去。

最後兩句非常生動（原文：波滔滔兮來迎，魚鄰鄰兮媵予），寫分手的情景，很是瀟灑，但又有點悵惘。

在〈九歌〉中這是最平和的一首，人、神關係這麼和諧，神從頭至尾與人在一起，並不處處顯得高不可攀，或故意捉弄人，讓人思念得沒心沒腸，確屬難得。也許河伯是外來之神，「強賓不壓主」，所以對楚國人特別客氣吧！

（九）山鬼

【原詩】

若有人兮山之阿ㄜē，①
被ㄆㄧpī薜荔兮帶女羅。②
既含睇ㄉㄧˋdì兮又宜笑，③
子慕予兮善窈ㄧㄠˇyǎo窕ㄊㄧㄠˇtiǎo。④
乘赤豹兮從文狸，⑤
辛夷車兮結桂旗。⑥
被石蘭兮帶杜衡，
折芳馨兮遺ㄨㄟˋwèi所思。⑦
余處幽篁兮終不見天，⑧
路險難兮獨後來。⑨
表獨立兮山之上，⑩

【語譯】

好像有人在山角邊，
披著薜荔，繫著女羅。
兩眼含情，淺笑宜人；
你啊你愛慕我的美好。
駕著赤豹，後面跟著文狸；
乘著辛夷車，上面繫著桂旗。
披著石蘭，束著杜衡，
你折下芳草想送給思念的人。
（以上巫者所唱，自此以下至篇末皆山鬼所唱。）
我住在幽暗的竹林裡，老是看不到天啊，
山路又險阻，所以來遲了。
一個人孤獨地站在高山上，

雲容容兮而在下。⑪
杳冥冥兮羌晝晦，⑫
東風飄兮神靈雨。⑬
留靈脩兮憺忘歸，⑭
歲既晏兮孰華予。⑮
采三秀兮於山間，⑯
石磊磊兮葛蔓蔓。⑰
怨公子兮悵忘歸，⑱
君思我兮不得閒？⑲
山中人兮芳杜若，⑳
飲石泉兮蔭松柏。
君思我兮然疑作。㉑
雷填填兮雨冥冥，㉒
猨啾啾兮狖（ㄧㄡˋ yòu）夜鳴。㉓
風颯颯（ㄙㄚˋ sà）兮木蕭蕭，㉔
思公子兮徒離憂！㉕

那溶溶的雲在下面瀰漫著。
白天像晚上，多幽暗啊，
東風飄起來，下起雨來了。
跟你在一起，愉快得忘了回去；
年紀大了，誰再讓我感到生命的美好？
自己一個人在山間採著芝草，
只看到磊磊的亂石和蔓生的葛藤。
怨恨你啊，惆悵得忘了歸去，
你是思念我而沒空閒來找我嗎？
我這山中人如杜若的芬芳，
飲著石泉，在松柏蔭下休息。
你真思念我嗎？我不能不懷疑。
雷聲隆隆，細雨昏暗，
猿狖啾啾地哀鳴。
風聲颯颯，木葉蕭蕭，
想念你啊，心中充滿了憂愁！

【註釋】

①若：好像。山阿（ㄜ）：山角。

②被（ㄆㄧ）：披。帶：束著、繫著。

③含睇（ㄉㄧˋ）：兩眼含情而睨視。宜笑：笑貌可親。

④子：指山鬼；予：指祭神之巫。慕：愛慕。善：美。窈窕（ㄧㄠˇ ㄊㄧㄠˇ）：美好的樣子。

⑤從文狸：有文狸跟隨著。文：同紋，身有花紋。

⑥辛夷車：以辛夷木為車。結：繫。桂旗：桂枝所作之旗。

⑦芳馨：芬芳的香草。遺（ㄨㄟˋ）：贈送。

⑧余：指山鬼。幽篁：幽深的竹林。

⑨後來：來得遲了。

⑩表：獨立的樣子。

⑪容容：同溶溶，形容雲流動的樣子。

⑫杳冥冥：幽暗的樣子。羌：助詞，無義。晦：暗；晝晦：是說雖是白晝，但很昏暗。

⑬神靈雨：神靈下雨，即天下雨的意思。

⑭靈脩：指祭神的巫者。憺，這裡有愉悅的意思；憺忘歸，因愉快而忘了歸去。

⑮晏：晚；歲晏，年歲將盡，有年華老去的意思。孰：誰；孰華予，誰使我感到生命之光華與美

好。予，指山鬼。

⑯采：同採。三秀：芝草。

⑰磊磊：石頭眾多的樣子。蔓蔓：蔓延的樣子。

⑱公子：山鬼思念的人。悵忘歸：因惆悵而忘了歸去。

⑲君：指山鬼所思念的人。

⑳山中人：指山鬼。杜若：如杜若一樣的芬芳。

㉑作：起；然疑作：起了疑心，是說你是不是思念我，我有點懷疑。

㉒填填：雷聲。雨冥冥：因下雨而幽暗起來。

㉓猨，即猿。啾啾：猿鳴聲。狖（ㄧㄡˋ）：猿之一種。

㉔颯颯（ㄙㄚˋ）：風聲。蕭蕭：風吹樹木聲。

㉕離：同罹，遭遇；離憂，即心懷憂愁。

【賞析】

在〈九歌〉中，山鬼是極特殊的神靈，因為她到底是不是「神」呢，都很值得懷疑。她既然是山「鬼」，應該就不是一般所謂的「神」了。但又有人說，古代鬼、神兩字是可以互相代用的，山鬼就是山神的意思。就歌辭來體會，這種講法似乎不太妥當。山鬼的確是「鬼」，不同於東皇太一、東君、雲中君、大司命、少司命、湘君、湘夫人、河伯等一類的「神」。就因為她是鬼，所以整首歌才表現一種截然不同的特殊氣氛。在這裡我們可以看到，楚國人不但祭祀一般所謂的「神」，同時他們也祭祀山鬼這個特殊的「鬼」。

就是因為山鬼是「鬼」，所以本篇的人神戀愛也跟其他各篇特別的不同。其他各篇是人戀神，本篇卻是神戀人。不，應該說是鬼戀人才對。山鬼可能是一種山中的精靈，時常在深山中出現，魅惑過往的行人，所以整篇才表現出鬼戀人的纏綿的情致。對於本篇的解釋，大部分的人都認為還是以主祭的男巫在追求山鬼為主，但也有少數卻認為應該是山鬼在思念主祭的男巫。從山鬼的特殊性質來看，似乎後面一種講法要比較妥當。

一開始是由巫者先唱，他描述山鬼的裝扮：

> 好像有人在那山角邊，披著薜荔，繫著女羅。兩眼含情，淺笑宜人；你啊你愛慕我的美好。

第一句的猜測語氣（原文：若有人兮山之阿），正表示山鬼的撲朔迷離，讓人不能確指她是否真在那裡。第三句描寫山鬼的形貌，原文是：「既含睇兮又宜笑」，簡直是傾國傾城

的美女。鬼可以是美女，可見自古以來人類即有這樣的想像，許多鬼故事中淒豔迷離的戀愛，恐怕是古已有之的吧！你看，眼前這位「含睇宜笑」的山鬼，就在愛慕著人間的人（由主祭的男巫代表）。

巫者又進一步唱出山鬼的行動：

駕著赤豹，後面跟著文狸；乘著辛夷車，上面繫著桂旗。
披著石蘭，束著杜衡，你折下芳草想送給思念的人。

前面是「若有人兮」，還看不清楚她的一切，現在她清楚地顯現在祭壇上了，她的車駕都可以一覽無遺了。你看她還「折芳馨兮遺所思」，真是一往情深的樣子。現在，她開始唱了。從那山邊開始出現時，我們一直屏息地注意著她。我們可以想像，當男巫從開始在唱出山鬼的現身時，氣氛一定特別的沉靜而神秘。現在，那吸引大家注意的山鬼，終於開口唱了起來，歌聲是那麼哀豔動人：

我住在幽暗的竹林裡，老是看不到天啊；山路又險阻，所以來遲了。

原來她遲到了，沒有見到情人。她訴說她的居處：「余處幽篁兮終不見天」，又訴說沿途「路險難兮」，真是楚楚可憐。然而，一個人，尤其是弱女子而住在幽暗的竹林裡，也正足以顯示她那山「鬼」的本質。

現在，她確是來晚了，約好的情人早已走了，你看她孤獨無依的站在高山之上：

表獨立兮山之上，
雲容容兮而在下。
杳冥冥兮羌晝晦，
東風飄兮神靈雨。

一個人孤獨地站在高山上，
那溶溶的雲在下面瀰漫著。
白天像晚上，多幽暗啊，
東風飄起來了，下起雨來了。

這裡以冥冥的天地與風雨來襯托高山上女子的孤弱堪憐，把前面山鬼那楚楚的訴說又進一步地強烈化了，我們對山鬼的同情之心也油然而生。

然而，似乎她的情人並沒有走，或者又回來找她了，他們終於見面了（可以想像的，在祭祀的場合應是扮山鬼的女巫和扮主祭的男巫會見了），於是她唱出了下面兩句：

跟你在一起，愉快得忘了回去；年紀大了，誰再讓我感到生命的美好？

這真是長久沒得到愛情滋潤的女子幽怨的話語。「年紀大了，誰再讓我感到生命的美好？」（原文：歲既晏兮孰華予？）一方面表達現在見面的欣慰，但也為以往的青春虛度感到悲哀，又恐怕這歡會的時光也只是片刻，馬上又要回復那深閨的寂寂與漫漫的長日了。「歲既晏兮孰華予？」真是得不到愛情，或沒有安定愛情的女子最動人的心聲。

果然，這一次短暫的會面後，她的情人又長久不來找她了（這時，祭壇上男巫離開，只剩山鬼一人）。她現在又回復到深山中一人獨居的情景了：

自己一個人在山間採著芝草，只看到磊磊的亂石和蔓生的葛藤。

那亂石磊磊和葛藤蔓延，不正象徵她內心的凌亂與鬱結嗎？想到那音信全無的人，真使人恨啊：

怨恨你啊，惆悵得忘了歸去，你是思念我而沒空閒來找我嗎？

她還在自我寬慰，還在替他設想，設想他不至於這麼負心。然而，想著想著，真壓不住心

頭的幽怨與心酸。是我不好嗎？為什麼不來找我：

我這山中人如杜若的芬芳；飲著石泉，在松柏蔭下休息。

這麼孤芳皎潔的人，為何你要遺棄？「山中人兮芳杜若」，真是那命運不好的女子最深沉的怨——自己沒有一點不及別人，而為何你要拋棄了我。所以啊：

你真思念我嗎？我不能不懷疑。

這裡她已經無法自我安慰，已無法替對方找出長久不來的理由，她真是不能不懷疑對方的真心了。

最後的四句，又是用自然界的幽暗與風雨，來烘托山鬼的心境：

雷填填兮雨冥冥，　　雷聲隆隆，細雨昏暗，
猨啾啾兮狖夜鳴。　　猿狖啾啾地哀鳴。
風颯颯兮木蕭蕭，　　風聲颯颯，木葉蕭蕭，

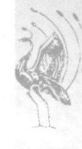

思公子兮徒離憂。

想念你啊，心中充滿了憂愁。

這最後四句，用字非常講究。一連串的重疊字，填填、冥冥、啾啾、颯颯、蕭蕭，正如李清照的「尋尋覓覓冷冷清清悽悽慘慘戚戚」，真是要把人的愁緒逼到盡頭而後已。所以接著說：「思公子兮徒離憂」，這思念，真是那颯颯蕭蕭、冥冥啾啾，真是無窮無盡啊！

如果不當作祭神歌，純從情詩的立場來看，這真是一首了不起的描寫失意女子的情歌。兩千多年前的楚國人能把人神戀愛（這裡可以說「人鬼戀愛」）寫到這樣哀豔動人，也可看出他們性格之浪漫與想像力之高強了。

（十）國殤

【原詩】

操吳戈兮被ㄆㄧ pī 犀甲，①
車錯轂ㄍㄨˇ gǔ 兮短兵接。②
旌蔽日兮敵若雲，③
矢交墜兮士爭先。④
凌余陣兮躐ㄌㄧㄝˋ liè 余行，⑤
左驂ㄘㄢ cān 殪ㄧˋ yì 兮右刃傷。⑥
霾兩輪兮縶ㄓˊ zhí 四馬，⑦
援玉枹ㄈㄨ fū 兮擊鳴鼓。⑧
天時墜兮威靈怒，⑨
嚴殺盡兮棄原野。⑩
出不入兮往不反，
平原忽兮路超遠。⑪

【語譯】

手拿吳國所製的戈，身披犀牛皮所製的胸甲；
戰車輪軸交錯，雙方短兵相接。
旌旗遮蔽了太陽，敵人如雲似的眾多。
箭紛紛地墜下，戰士個個奮勇爭先。
敵人侵犯了我們的陣地，踐踏了我們的行列。
左邊的馬死去了，右邊的也受了傷。
戰車車輪陷住了，馬被絆住也跑不動了；
拿起鼓槌來大聲地擂著鼓啊！
天時不利，鬼神發怒；
我方的戰士死傷殆盡，屍體被丟棄在原野上。
走出國門，永不復返；
這空曠的平原，回家的路是多麼遙遠。

帶長劍兮挾（ㄒㄧㄚˊ xiá）秦弓，⑫
首身離兮心不懲。⑬
誠既勇兮又以武，⑭
終剛強兮不可凌。⑮
身既死兮神以靈，⑯
子魂魄兮為鬼雄！⑰

帶著長劍，持著秦弓；
縱然身首異地，心中卻毫不後悔。
實在是又有勇氣，又有武藝；
永遠的剛強，不可侵犯。
肉身雖然死了，精神卻不朽；
你們的魂魄啊，是鬼中的雄豪！

【註釋】

①操：持，拿。吳戈：吳國所製的戈。被（ㄆㄧ）：披。犀甲：犀牛皮所製的胸甲。
②轂（ㄍㄨˇ）：車輪中心的圓木。車錯轂，是說戰車相迫，輪轂交錯。
③旌蔽日：旌旗遮蔽了太陽。敵若雲：形容敵人之多。
④矢交墜：箭紛紛地落下。
⑤凌：侵犯。陣：戰陣。躐（ㄌㄧㄝˋ）：踐踏。行：行列。
⑥驂（ㄘㄢ）：一車四馬，兩旁的馬叫驂，左邊的叫左驂。殪（ㄧˋ）：死。右：指右驂，右邊的馬。右刃傷，右驂為刀刃所傷。

⑦霾：霾，同埋；埋兩輪，是說車輪陷入土中。縶（ㄓˊ）：絆住。縶四馬，是說車子陷住，拉車的四匹馬都被絆住，不能跑動。
⑧援：拿起。枹（ㄈㄨ）：鼓槌。玉枹，以玉裝飾的鼓槌。
⑨天時墜：是說天時不利。威靈：指鬼神。
⑩嚴殺盡：是說戰士被殺殆盡。
⑪忽：空曠無際。超遠：即遙遠之意。
⑫挾（ㄒㄧㄚˊ）：執持。秦弓：秦國所製的弓箭。
⑬首：頭；首身離，即身首異地。懲：後悔。
⑭誠：實在。勇：指勇氣足；武：指武藝強。
⑮終：終究，畢竟。
⑯神以靈：即精神不死之意。
⑰鬼雄：鬼中的雄傑。

【賞析】

這首〈國殤〉祭祀的也是鬼，戰死的鬼。但為國犧牲的人，自有一種莊嚴的地位，這鬼雖是鬼，人類卻將他們敬若神明。

在〈九歌〉裡，〈國殤〉可能是最好懂的一首。這裡沒有人神糾纏的問題，有的只是楚國人對戰死者莊嚴的禮讚：

手拿著吳戈，身披著犀甲；戰車輪軸交錯，雙方短兵相接。
旌旗遮蔽了太陽，敵人如雲似的眾多。箭紛紛地墜下，戰士個個奮勇爭先。

這第一段寫戰爭的開始，雙方的接觸，戰士的奮不顧身。

敵人侵犯了我們的陣地，踐踏了我們的行列。左邊的馬死去了，右邊的也受了傷。
戰車車輪陷住了，馬被絆住，跑不動了；拿起鼓槌來大聲地擂著鼓啊！
天時不利，鬼神發怒；戰士們死傷殆盡，屍體被丟棄在原野上。

以上第二段寫己方的戰敗，與戰士的為國犧牲。第三、四句描寫戰車陷住，戰士還擂鼓助陣，毫不畏縮的情景，真是令人肅然起敬。

出不入兮往不反，　　走出國門，永不復返；

平原忽兮路超遠。　　這空曠的平原，回家的路是多麼遙遠。

這第三段的開頭兩句，寫大戰之後平原的空曠，想像屍體橫陳的戰士再也不能回家，何況路途是那麼遙遠。雖是哀悼，但絲毫沒有傷感的氣氛。這是一種為勇士們敬禮的哀悼。所以底下接著說：

帶著長劍，挾著秦弓；縱然身首異地，心中卻毫不後悔。

這一整段，描寫漫漫的平原上充滿著戰死者的英氣，彷彿那無頭的戰士，還「帶著長劍，持著秦弓」，傲然大踏步地行走於其上。這一段充滿了死亡的威嚴。

實在是又有勇氣，又有武藝；永遠的剛強，不可侵犯。

肉身雖然死了，精神卻不朽；你們的魂魄啊，是鬼中的雄豪！

這最後一段是純然的讚歎，對於死者最敬重的讚歎。

這首〈國殤〉的節奏極為特殊，從頭至尾都是「×××兮×××」（請參閱原文）。在〈九歌〉中，這是最長的句法；〈九歌〉中整首用這種句子的，就只有〈國殤〉了。句子長，可以想見節奏一定緩慢。但緩慢並不表示無力。配合文字與內容，我們慢慢地念〈國殤〉，自能體會其中那種緩慢中有莊嚴、莊嚴中有力量的節奏。這可能是〈九歌〉中最嚴肅的一首祭神歌。

（十一）禮魂

【原詩】

成禮兮會鼓，①
傳芭兮代舞，②
姱（ㄎㄨㄚ kuā）女倡兮容與。③
春蘭兮秋菊，
長無絕兮終古。

【語譯】

祭禮結束，眾鼓齊鳴；
傳遞著香草，輪流起舞，
美麗的女巫唱著歌，態度安詳。
春天有蘭草，秋天有菊花，
希望這祭禮，永不間斷流傳下去啊！

【註釋】

① 成禮：禮成，指祭禮結束。會鼓：眾鼓齊響。
② 芭：香草。傳芭代舞：是說一人持芭而舞，舞畢傳給他人，如此輪流下去。代，輪替之意。
③ 姱（ㄎㄨㄚ）：美好的樣子。容與：舒徐安詳的樣子。

【賞析】

一連串的祭祀過東皇太一、雲中君、湘君、湘夫人、大司命、少司命、東君、河伯、山鬼、國殤，現在祭禮要完全結束了。這〈禮魂〉是整套祭神典禮的尾聲。

這〈禮魂〉雖然短，卻非常的莊嚴，非常的生動。從前三句我們可以想像這時其他樂器一概停止，只有眾鼓齊鳴，而在有力有節奏的鼓聲中，所有美麗的女巫圍成一圈，輪流的拿著芭草到場中心跳著舞，一面跳舞還一面唱著歌。一人跳完了，傳給另一人接替下去。而那旁邊的人，看那一個個的女巫既美麗又舞姿不凡，不禁讚歎：「姱女倡兮容與。」

從最後兩句，我們又可以想像，楚國人一連串的祭神大典很可能是分春、秋兩季舉行。春天有蘭草，秋天有菊花，他們季季的用蘭草或菊花祭祀。每年有春天、秋天，每年有蘭草、菊花，他們也希望他們的祭典，能像春蘭、秋菊一樣，永恆地綿亙下去。

這〈禮魂〉剛好和〈國殤〉相反，整首以「××兮××」的句法為主體。這句法短截而有力，而全篇又短，只有五句，你唸唸看：

成禮兮會鼓，傳芭兮代舞，姱女倡兮容與。
春蘭兮秋菊，長無絕兮終古。

全文分成兩截。先是短短的兩句，再以「姱女倡兮容與」稍微頓住；然後又是短短的一句，再以較長的「長無絕兮終古」頓住。然後就全然的頓住，再無下文了。全首短截有力而能造成餘音裊裊之勢，確實是最好的尾聲了。漫長的祭神典禮，而有這樣短而有力的結尾，這種對比，也真是令人讚歎楚國人藝術想像力的高明。

三、魂兮歸來——〈招魂〉

【前言】

記得小時候掉到水裡去，讓人救起來了，母親請隔壁的阿婆替我「收驚」。阿婆叫我坐在椅子上，她用祭神的小瓷酒杯裝了生米，用小布巾包了，拿在手上，在我頭上繞圈子。每繞一圈，就叫著我的小名說：「阿明回來啊！免驚啊！阿明回來啊！」好像就記得阿婆只唸這幾句，唸了幾遍，就跟母親說沒事了。我們跟阿婆道謝，就回家了。我不知道掉下水時，我的靈魂是不是嚇得飛走了，也不知道阿婆是否把他叫回來了。只知道第二天我又趕著鵝群到昨天掉下水的溪邊去了。

這就是招魂，最簡單的招魂。差不多每一個地方，每一個民族，只要仍然保存了較原始的宗教色彩，都有這種招魂儀式，只是繁簡不同罷了。譬如說，緬甸卡蘭人就有這樣的招魂辭：

呼嚕……歸來吧，靈魂，不要逗留在外邊！如果下雨了，你會被打濕；而當太陽升起來了，你會苦熱難當。蚊蚋會螫你，水蛭會吸你的血，老虎會吞掉你，雷電會擊斃你！呼嚕……歸來罷，靈魂。在這裡，你會覺得舒適而別無他求。歸來呵！歸來！回到這遠離暴風，遠離雷雨的遮蔽處，好好享受你的吃食。

比起來，我們阿婆的「收驚」辭實在太簡單、太落伍了。但卡蘭人的這首招魂辭，比起《楚辭》裡的兩首招魂歌（〈招魂〉、〈大招〉）來，又顯得野蠻多了。《楚辭》裡的〈招魂〉和〈大招〉，真可說是篇幅長，場面「浩大」，富麗堂皇得很。

這兩首招魂歌，一開始就叫靈魂不要到東方去，東方多可怕；不要到南方去，南方多嚇人；不要到西方去……不要到北方去。然後就說，回來啊，回到家裡來，家裡多好，房子多漂亮，東西多好吃等等。裡面寫宮室真是美得很，寫吃食更是山珍海味，無所不有，好像非把飄蕩在外面的靈魂引誘回來不可。可以想像，這一定是楚國貴族所使用的招魂歌。又可以推測，這兩篇一定經過文人的潤色，不是原始招魂歌的形式。

這兩首招魂歌裡，〈招魂〉一篇尤其出名。很多人以為這是屈原寫的。他們為什麼會有這種看法，在我們讀過整首〈招魂〉以後，再作說明。至於〈大招〉，因為較不著名，形式又和〈招魂〉差不多，底下我們就不介紹了。

底下介紹〈招魂〉時，大部分只有白話譯文，而且採取比較自由的翻譯方式。其中有兩段，因為文辭較美，或者比較重要，譯文之外還附上原文和註釋。從這首歌裡，我們除了可以認識楚國貴族的招魂儀式，還可以從中了解這些貴族們的種種生活習慣，譬如宮室和種種吃食、娛樂等，很有一讀的價值。

【序文】

我自幼就清高、廉潔，按照義理行事，不敢稍有違背。

我有這樣的盛德，卻受了世俗的影響，不能加以發揚。

君上沒有注意到我這樣的美德，使我常常遇上禍災，心懷愁苦。

上帝告訴巫陽說：「地上有個人，我想幫忙他。他的魂魄離散了，你幫他找回來吧！」

巫陽回答道：「這是掌夢之官的職責，你的命令恐怕很難達成。如果一定要招回他的魂魄，就必須趕快去做，再遲的話，他的身體枯萎了，就沒有用了。」

巫陽於是迅速的到人間來招魂，他說：

（以上是招魂歌的序文。很多人根據這一段話，證明這首招魂歌是屈原作的。屈原放逐以後，因長期愁苦，失魂落魄，所以借用招魂的儀式，寫了這首歌替自己招魂，希望使自己振作起來。又有人說，這是屈原替死在秦國的楚懷王招魂。又有人說，是屈原的後輩宋玉替屈原招魂。）

【原詩】

「魂兮歸來，
去君之恆幹，①
何為四方些？②
舍君之樂處，③
而離彼不祥些！」④
「魂兮歸來，
東方不可以託些。⑤
長人千仞ㄖㄣˋ rèn，⑥

【語譯】

「靈魂回來啊，
為何離開你的身體，
跑到四方去了？
為何捨棄你的居處，
而遭遇到那麼多的不祥！」
「靈魂回來啊，
東方不可以住啊。
那裡有長人千仞，

惟魂是索些。⑦
十日代出，⑧
流金鑠石些。⑨
彼皆習之，⑩
魂往必釋些。⑪
歸來兮，
不可以託些。」
「魂兮歸來，
南方不可以止些。
雕題黑齒，⑫
得人肉以祀，
以其骨為醢（ㄏㄞˇ hǎi）些。⑬
蝮（ㄈㄨˋ fù）蛇蓁蓁，⑭
封狐千里些。⑮
雄虺（ㄏㄨㄟˇ huǐ）九首，⑯
往來倏忽，
吞人以益其心些。⑰

專門捕捉靈魂啊。
十個太陽輪流出現，
把金、石都銷溶了啊。
那裡的人都習慣了，
你去了一定會消失啊。
回來啊，
不可以住啊。」
「靈魂回來啊，
南方不可以去啊。
那裡的人畫著額頭、露出黑齒，
拿人肉來祭祀，
拿骨頭來作醬啊。
大蛇群聚在一起，
大狐綿延千里啊。
雄虺九個頭，
往來迅速，
吞人來填飽肚子啊。

歸來兮，
不可以久淫（yín）些。」⑱
「魂兮歸來，
西方之害，
流沙千里些。
旋入雷淵，⑲
爢（mǐ）散而不可止些。⑳
幸而得脫，
其外曠宇些。㉑
赤蟻若象，
玄蜂若壺些。㉒
五穀不生，
藂（còng）菅（jiān）是食些。㉓
其土爛人，㉔
求水無所得些。
彷徉無所倚，㉕
廣大無所極些。㉖

回來啊，
不可以久住啊。」
「靈魂回來啊，
西方有禍害，
流沙千里啊。
人會被旋入雷淵，
碎爛而一直掉下去啊。
僥倖逃脫了，
外面也是千里曠野啊。
赤蟻如象，
黑蜂如瓠瓜大啊。
五穀不生，
只能吃草茅啊。
泥土會使肌肉潰爛，
要水也無處尋找啊。
渺渺茫茫，沒有依靠。
廣大無邊，無窮無盡啊。

歸來兮，
恐自遺賊些！」㉗
「魂兮歸來，
北方不可以止些。
增冰峨峨，㉘
飛雪千里些。
歸來兮，
不可以久些！」
「魂兮歸來，
君無上天些。
虎豹九關，
啄害下人些。㉙
一夫九首，
拔木九千些。
豺狼從目，㉚
往來侁侁（ㄕㄣ shēn）些。㉛
懸人以嬉，

回來啊，
恐怕有災害啊！」
「靈魂回來啊，
北方不可以去啊。
重重的冰巍巍峨峨，
飛雪千里歸來。
回來啊，
不可以久住啊！」
「靈魂回來啊，
你不要到天上去啊。
那裡有虎豹守著九重關，
會吃下界的人啊。
有個人長了九個頭，
每天能拔九千棵大樹啊。
豺狼豎目看人，
往來走動的聲音陰森怕人啊。
把人吊起來嬉戲，

投之深淵些。
致命於帝，32
然後得瞑些。
歸來兮，
往恐危身些。」
「魂兮歸來，
君無下此幽都些。33
土伯九約，34
其角觺觺（ㄧˊ yí）些。35
敦脄（ㄇㄟˋ mèi）血拇，36
逐人駓駓（ㄆㄧ pī）些。37
參目虎首，
其身若牛些。
此皆甘人，38
歸來兮，
恐自遺災些。」39

再投入深淵啊。
向上帝報告後，
才會安眠啊。
回來啊，
去了恐怕有危險啊。」
「靈魂回來啊，
你不要到地獄啊。
土伯九條尾巴，
角又極其犀利啊。
厚厚的背，拇指染血，
快速地追逐著人啊。
三隻眼睛，頭像老虎，
身軀像牛啊。
這些都會吃人。
回來啊，
恐怕有災禍啊。」

【註釋】

①去：離開。恆：常；幹，軀幹。恆幹，指身體。

②些：語助詞，相當於「兮」。

③舍：同捨，捨棄。樂處：安樂的居處。

④離：同罹，遭遇。

⑤託：寄託，即居住的意思。

⑥仞（ㄖㄣˋ）：八尺為一仞。千仞，形容極高。

⑦索：求。

⑧代出：輪流出現。

⑨流金：使金屬溶化。流，當動詞用。鑠石：使石頭銷鑠。

⑩彼：指住在那裡的人。習：習慣。

⑪釋：消解，這裡有喪失的意思。

⑫題：額頭；雕題，在額頭上刻劃圖案。

⑬醢（ㄏㄞˇ）：肉醬。

⑭蝮（ㄈㄨˋ）蛇：大蛇。蓁蓁：形容蛇群聚在一起的樣子。

⑮封：大。千里：形容封狐之多，綿延千里。

⑯虺（ㄏㄨㄟˇ）：蛇之一種。

⑰益：同溢，吃飽的意思。

⑱淫（ㄧㄣˊ）：久住。

⑲雷淵：神話中的深淵。

⑳靡（ㄇㄧˇ）：碎爛。

㉑曠宇：廣大的平野。

㉒壺：即瓠。

㉓蘩（ㄘㄨㄥˊ）：同叢；菅（ㄐㄧㄢ）：茅。

㉔爛：動詞，使人腐爛。

㉕彷徉：無所依靠的樣子。倚：依靠。

㉖極：至，窮盡。

㉗遺賊：遇到災害。

㉘增冰：層冰。峨峨：形容冰雪之高。

㉙啄：這裡有「齧咬」的意思。

㉚縱目：豎目之意。

㉛侁侁（ㄕㄣ）：形容豺狼走動的聲音。

㉜致命：報告的意思。

㉝幽都：即後人所謂地獄。幽，暗；幽都，幽暗之地。

⑭ 土伯：幽都之王。約：尾巴。
⑮ 觺觺（ㄧˊ）：形容角之銳利。
⑯ 敦：厚；脄（ㄇㄟˋ）：背脊肉。血拇：是說拇指沾有血跡。
⑰ 駓駓（ㄆㄧ）：行走迅速的樣子。
⑱ 甘人：吃人。
⑲ 遺災：遇到災害。

【賞析】

以上招魂歌的第一大段，描述東南西北四方及天上、地下的災害，叫靈魂不要去，要趕快回來。往四方上下招魂，似乎是一般招魂儀式中常見的情形，只是這裡描寫得極其生動。那一句句的「回來啊」，真是動人心魄，可以想見招魂的家人之驚慌與焦急；也可以看出，較早的人類，在意識到自己靈魂不在時，那種惶恐與不安。

接著，我們以白話文呈現以下的詩文：

靈魂回來啊，進入郢都（楚國都城）的修門（郢都城門）。

巫祝在召喚你，後退著引導你。

秦國的竹籠，上面裝飾著齊國的絲線，還有鄭國的招魂幡。

招魂的用具都齊備了，又長聲地呼喚你回來。

從四方上下招過靈魂後，現在招魂的巫祝，一面後退著，一面手中拿著竹籠（據說可讓靈魂待在裡面）和招魂幡，長聲地叫著靈魂，引他進入楚國的郢都。從這裡大致可以看到楚國招魂的情形。

靈魂回來啊，回到故居啊。　天地四方，到處都有害人的東西。　這裡布置了你的房子，又安靜又舒適。　高堂邃宇，一層又一層高大的欄杆。　亭臺樓閣，面臨著高山。　門窗上刻著方方的花紋，塗上丹朱的顏色。冬天有溫暖的深堂大廈，夏天的居室又清涼。溪水環繞，流水潺湲。明媚的風吹著蕙草，又搖動那高高的蘭草。

經過廳堂，來到內室，頭上是朱紅的天花板。　細緻的牆壁上，裝飾著翡翠羽毛，懸掛著玉鉤。　那翡翠珠被，燦爛發光。　細繒糊在臥榻的壁上，又張掛起羅帳。　五彩的絲縷，纖細的綺縞，掛著漂亮的美玉。

室中的陳設，都是珍奇之物。　室內燃起了蘭膏明燭，裡面都是漂亮的美女。

二八佳人陪侍著你過夜，厭倦了可以隨時更換。各地的淑女，人又多行動又敏捷。頭髮梳起不同的樣式，她們住滿了宮室。儀態美好親切，無比的溫順。容貌楚楚動人，心志非常堅定，她們都想接近你。容貌美、體態好，她們住滿了臥房。細細的眉毛，明亮的眼睛。細緻的臉龐，細膩的肌膚，那眼波多麼含情脈脈。有高大的別墅，長長的帷幕，讓你閒暇時休息。翡翠的帷帳，掛在高堂裡，朱紅的牆壁，丹砂的牆版，黑玉裝飾著棟梁。仰頭可以看到屋梁上，刻著龍蛇的圖案。坐在廳堂上，靠著欄杆，可以俯視那曲折優美的池塘。池塘裡芙蓉剛剛開放，還參雜著菱與荷。紫莖的水葵，葉上的光彩隨波蕩漾。穿著虎豹衣飾的勇士，侍立在長階上。輕車準備好了，步騎羅列成行，等待著你出去。門外一叢叢的蘭花，籬笆是一排排的瓊樹。靈魂回來啊，為何要到遠方去？

以上一大段，寫宮室，寫美女，寫別墅，想以宮室之美，佳人之眾，引誘靈魂回來。

家族興旺富厚，飲食很豐盛。有稻、稷、穱（ㄐㄩㄝˊ jué）麥，還參雜著黃粱。苦味、鹹、酸、辛辣、甘甜，各種調味都有。肥牛的筋肉，又熟爛又芳香。那美好的吳羹，調和著酸味和苦味。煮的鼈、烤的羊，又有甘蔗漿。酸味的鴻鵠、少汁的野鴨，還煎了鴻雁和鶬鶴。有野鷄、有蠵（ㄒㄧ xī，大龜）羹，味道極鮮極好。有粔籹（ㄐㄩˋ ㄋㄩˇ jù nǔ，甜餅）、蜜餌（甜糕），還有那餦餭（ㄓㄤ ㄏㄨㄤˊ chāng háng，乾飴）。白玉似的酒漿，蜜製的甜酒，酙滿了羽觴（一種酒杯）。濾過的酒又清又冰冷，多清涼的美酒。漂亮的酒杯都已經擺上了，還有那瓊玉似的酒漿。回來，回故居啊，大家都尊敬你，對你沒有妨害。

以上誇張飲食的美好，以吸引靈魂回來。

酒席還沒擺好，女樂就已經出來了。敲著鐘、擂著鼓，唱出了新曲子。有〈涉江〉、有〈采菱〉，還唱著那〈揚荷〉之歌。美人喝醉了酒，朱顏酡（ㄊㄨㄛˊ tuó）紅。那戲謔睨視的眼光，像一層層的波浪啊。穿著綾羅綺繡，多麼美麗啊。長髮耀目，多豔麗美好。那二八佳人，同樣的裝扮，跳起鄭舞來了。長袖飛舞，像交錯的竹竿，又俯下身子啊。竽、瑟拚命地奏著，鼓聲敲得咚咚地響。整個宮庭震盪啊，唱出激昂的楚歌。又唱著那吳、蔡的歌曲，奏出大呂的調子。男、女不分開，大家雜坐在一起。滿地的組綬冠纓，依次排列著。鄭、衛的新曲子，紛紛地演奏著。激昂的楚歌，尾聲蓋過了所有歌聲。菎蔽、象棋，還有六簙（均賭具）等種種遊戲。分邊對抗，局勢多麼緊急。得了「梟」可以贏雙倍，又大叫著要「五白」出現（梟、五白都是賭賽裡最高的彩頭）。晉國的犀比（賭具），更是令人終日沉迷。敲著鐘，搖動了鐘架，又彈著梓瑟。喝酒娛樂，日夜不停。燃著蘭膏明燭，又擺設了漂亮的華燈。費盡巧思的詩篇，像蘭草一樣的芬芳。心有所感，大家共同地賦詩。盡興地喝酒，朋友故舊一同歡樂。靈魂回來，回故居啊。

以上鋪張酒宴中的歌舞、遊戲，以誘引靈魂回來。招魂歌的主體，至此結束。我們可以看得出來，一首招魂歌大致可以分成兩部分。先是形容天地四方（外面世界）的可怕，再描寫人間歡樂的可喜。不止古代的楚國如此，各地的招魂辭大概都是這個樣子。但是楚國人把招魂歌誇張得這樣的富麗堂皇，也是難得一見。由此也可以看出，當時楚國貴族文化的一般情形。

以下是〈招魂〉的尾聲。

【原詩】

亂曰：①
「獻歲發春兮，②
汩ㄩˋyù吾南征。③
菉蘋齊葉兮，④
白芷生。
路貫廬江兮，⑤
左長薄。⑥
倚沼畦ㄒㄧxī瀛兮，⑦
遙望博。」⑧
「青驪ㄌㄧˊlí結駟兮，⑨
齊千乘。⑩
懸火延起兮，⑪
玄顏烝ㄓㄥzhēng。⑫
步及驟處兮，⑬
誘騁先。⑭

【語譯】

尾聲：
「一年又開始，春天來到，
我迅速地往南行。
菉、蘋葉子都已長大，
白芷嫩芽初生。
沿路經過廬江，
左邊是綿延的草叢。
停在池澤田疇邊，
遙望著一片平原。」
「當年，我駕著青驪駟馬，
有千乘同行。
火把綿延數十里，
火光照亮了天邊。
看著隊伍的速度，
我在前面領路。

抑騖若通兮，⑮
引車右還。⑯
與王趨夢兮，⑰
課後先。⑱
君王親發兮，⑲
憚青兕（ㄙˋ sì）。」⑳
「朱明承夜兮，㉑
時不可以淹。㉒
皋（ㄍㄠ gāo）蘭被徑兮，㉓
斯路漸。㉔
湛湛（ㄓㄢˋ zhàn）江水兮，㉕
上有楓。
目極千里兮，
傷春心。㉖
魂兮歸來，
哀江南。」

有時喊住隊伍，順著通路，
駕車往右走。
又和君王趨赴大澤，
比賽先後。
君主親自發射，
驚動了青兕。」
「黑夜過了，白天來了，
時間匆匆地過去。
皋蘭遮沒了道路，
這路日漸地沉埋。
湛藍的江水啊，
江上種滿了楓樹。
目極千里啊，
那春景觸動了愁心。
靈魂回來啊，
不要再逗留在可哀的江南。」

【註釋】

①亂：歌辭的尾聲叫做「亂」。
②獻歲：一年開始叫獻歲。
③汩（ㄩˋ）：迅疾的樣子。
④齊葉：葉子長得一樣大。
⑤貫：經過。廬江：地名。
⑥薄：草叢；長薄：綿延的草叢。
⑦倚：依、靠；沼：池沼；畦（ㄒㄧ）：田界；瀛：池澤。整句是說，站在池邊與田邊。
⑧博：平；遙望博，遙望過去，只見一片平野。
⑨青驪（ㄌㄧˊ）：青黑色的馬。結駟：古代一車四馬，結駟是說連成拉車的四馬。
⑩齊千乘：是說千乘馬車一起出發或行進。
⑪懸火：指火把。延起：是說火把綿延得極長。
⑫玄顏：指天色暗；烝（ㄓㄥ）：火氣上升。玄顏烝，是說火把將暗暗的天色照亮了。
⑬步：步子，引申為速度；及：跟上；驟：馳驟；處：停止。整句是說，自己奔馳的速度配合後面隊伍的快、慢。
⑭誘：引導；騁：馳騁。誘騁先，在前面引導。

⑮抑：止；騖：馳；若：順。整句是說：止住隊伍，觀察地形，從平順通達的路走下去。
⑯引車，駕車；還，同旋。整句是說，駕著車子往右轉。
⑰王：指楚王。夢：大澤；趨夢，到大澤去。
⑱課後先：比賽看誰快。
⑲發：射。
⑳憚：驚；兕（ㄙˋ）：野牛。憚青兕：驚動青色的野牛。
㉑朱明：日，這裡指白天：承：接續。整句是說，夜晚過去了，白天跟著來了。
㉒淹：久。
㉓皐（ㄍㄠ）：水澤。被：蓋；被徑，是說草長得蓋住了路。
㉔斯：此；漸：沒。斯路漸，是說所走之路已為皐蘭所遮沒。
㉕湛湛（ㄓㄢˋ，或ㄔㄣˊ）：水深藍的樣子。
㉖傷春心：春至而傷感。

【賞析】

這一段尾聲，正如最前面的序，是一般招魂歌所沒有的。一些學者往往根據這兩段證

明這篇〈招魂〉是屈原所作。他們說，在序裡，屈原說明他想透過一般的招魂儀式來招自己失魂落魄之魂，這我們在前面已看到了。而這一段尾聲，一般解釋作，屈原描寫他在江南放逐之地，回憶昔日與楚王一同狩獵的情形。按照這個觀點來解釋，這一段的確是寫得非常好的。春天來到江南，屈原一路行來，不覺觸動愁懷。在遠望之中，心思漸漸縹緲起來，彷彿自己又回到當年夜獵的情景中。然後是一小段描寫夜獵的文字。這一小段文字，又以「朱明承夜兮，時不可以淹」，以時間的飛逝又接回現實，接得極其自然，正如前面以「遙望博」一句牽起回憶之線一樣。根據序和這一段尾聲來看，說這篇〈招魂〉是屈原所作，是相當具有說服力的。然而，從中間招魂辭的主體，我們仍然可以看到楚國的招魂儀式和楚國貴族的生活樣態。把它當作了解楚國文化的文獻來讀，還是可以的。

四、我問蒼天——〈天問〉

〈天問〉是一篇很奇怪的東西。全篇從頭至尾總共包含了一百七十二個疑問，其中有問天地的開闢的，有問天文與自然現象的，有問天地間的奇異事物的，而問得最多的是神話、傳說與歷史。從前的人認為這一篇也是屈原作的。他們說，屈原被放逐以後，心裡充滿了憤懣與不平，所以藉著這許多問題來詢問蒼天，以寄託自己的心意。

這樣的說法，似乎不太能令人滿意。所以近代有很多人認為，這一篇東西根本跟屈原沒有關係，只是楚國人對於自然界與人事界一些好奇的疑問。不管怎麼說，從〈天問〉裡，我們確實可以知道楚國人對於天地、神話與歷史的一些看法。這可以說是戰國時代的楚國人各類知識的總彙。

〈天問〉可能是《楚辭》裡最難懂的一篇，裡面有很多文字實在很難解釋，很多事情我們也不太清楚，學者們的註釋往往也只是猜測而已。〈天問〉又不是很有組織的一篇文章，常常一個人的事情分在好幾處問；關於歷史問題，也不完全是按著時代的順序問下來的。就文字的表現而言，〈天問〉並不是第一流的文學作品。不過，如前面所說的，從這裡我們可以知道兩千多年前楚國對於很多事情的看法，所以還是值得一讀。

底下我們採取很自由的翻譯方式（有很多地方不好懂，是勉強譯出來的），並在各段之後稍加說明。為了讓大家看看〈天問〉的「真面目」，我們在最後附上兩段原文和較為嚴謹的翻譯，並加以註釋。

宇宙最古、最早的情形，是誰傳述下來的？　天、地還沒有形成，怎能了解當時的情景？　渾渾沌沌的一片，誰又能追究當時的一切？　天地間只是浩浩的元氣，怎能分辨事物？　在明明暗暗的氣流中，宇宙又有怎樣的生滅變化？　陰陽二氣和天地的和合，終於生長出萬物，怎麼會有這和合？　和合之後，天地又是如何變化？

〈以上第一段，從天地的混沌一直問到萬物生長出來。〉

九重的圓天，是誰經營策劃的？　又是誰有這樣的功力去建造？　天的旋轉，靠著綱維（大繩子）繫在地上作為旋轉的主軸，這綱維繫在什麼地方？天極不移的地方，又是架在哪裡？　地上有八座山作柱子撐住天，這八座山又是在何處？東南方的柱子傾斜了，為海水所淹沒，為什麼這大柱會崩壞？　九天的邊緣是安放在什麼地方？　天有許許多多的角隅，到底有多少？

（以上所問完全跟天有關係。古人的天文觀念跟我們不一樣，從這裡也可以看出來。）

天體中日月的運轉與會合，是怎樣的呢？為什麼一年可以劃分為十二個月？　日月星辰又是怎樣的擺放在天體之中？　太陽早上從湯谷出來，晚上沉沒到蒙水的水濱；從白天到晚上，到底走了多少里路？　月亮到底有什麼特殊之處，為什麼能夠死而復生（指月的盈虧）？　月亮到底有什麼好處，為何兔子要藏在裡面？

（以上問日月星辰。）

女歧（神女）沒有結婚，怎麼會有九個孩子？

帶來疾疫的厲鬼伯強（厲鬼之名）在什麼地方？能使陰陽調和的惠氣又是在哪裡？

什麼地方關了，天才暗下來？什麼地方開了，天才明亮起來？　角宿星還沒有出現，天還沒亮以前，太陽的精靈到底藏在何處？

（以上三小段各自獨立，較為零散。）

堯本不願命鯀（ㄍㄨㄣˇ gǔn）治理洪水，眾人為什麼推舉他？　大家都說：「何必擔心，讓他試試又何妨！」　鯀看到雉的飛翔和龜的曳尾而行，怎麼會悟出治水的方法？照著這方法作下去，快要成功了，堯為什麼把他處死？　鯀死在羽山，為何過了三年屍體還不腐化？　禹為鯀所生，怎麼把他治水的方法改變了？　禹繼承先業，完成了父親未竟的事功。　但既是繼承父業，為什麼兩人的謀慮卻完全不同？那麼大、那麼深的洪水，怎麼能夠填平？　禹又根據何種準則，來劃分九州土壤的等級？　禹看到應龍以尾畫地，即順著其痕跡把洪水導入河海之中；到底應龍是怎樣的畫法？洪水又是如何的經過江河而流入海中？　就治理洪水而言，鯀有怎樣的貢獻？禹的貢獻又是如何？

（以上問鯀、禹父子治水的事情。要注意的是，在《楚辭》裡，鯀是個有才幹而正直的人，和一般傳說中的鯀並不一樣。）

康回（人名）大怒，撞毀了不周山的天柱（八天柱之一），為何大地就向東南傾斜？　整個九州大地是如何形成的？怎麼會有河川、山谷這麼深窪的地方？　百川東流，大海也不會滿溢出來，誰知道原因呢？　整個大地，是東西長呢，還是南北長？　大地從南到北是橢圓形，其寬度又是多少？

（以上問大地、河海的事情。）

崑崙山，以及崑崙山最高之地的懸圃（可以通到天上）是在什麼地方？　崑崙山上有九重的增城，到底有多高呢？　增城四方的城門，是誰在出入？　西北邊的門常開啟著，是要讓天地的元氣作通路嗎？

（以上問崑崙山的一些事情。崑崙山是楚國神話中最高的仙山，為眾神之所在，其地位類似希臘的奧林匹斯山。）

太陽照不到的地方，燭龍為何能照耀得到？　太陽還沒升上來的時候，若木（生長在太陽上升之地）為什麼會有光華？

（以上獨立的一小段又是問太陽（前面已問過兩次）。）

什麼地方是冬天溫暖的呢？什麼地方夏天寒冷？　什麼地方長著石林？什麼野獸能說人話？什麼地方有虯（ㄑㄧㄡˊ qíu）龍，背著大熊到處遨遊？　九個頭的大蛇，來往倏忽，到底在什麼地方？　什麼地方的人可以長生不死？東方有特別高大的長人，他們在防守著什麼？　有一種浮萍，可以蔓延得密密麻麻；又有一種形狀如麻，長著紅花的枲（ㄒㄧˇ xǐ）草，都生長在何處？　有一種蛇，可以吞掉整隻象，這蛇到底有多大？　黑水、玄趾山、三危山，是在哪裡呢？　這裡的人壽命極長，到底可以活到多長久？　有一種臉部和手足都像人的鯪（ㄌㄧㄥˊ líng）魚，又有一種形狀如雞的鬿（ㄑㄧˊ qí）雀，白色的頭，鼠足而虎爪，會吃人，又是生長在何處？

（以上問天地間一些稀奇古怪的事物，這些大概是楚國人神話與傳說中常談到的異物。）

本來有十個太陽，后羿（ㄧˋ yì）射落了九個，后羿怎麼把太陽射下來的？每一個太陽中都有一頭烏鴉，九個太陽射下來，九頭烏鴉死了以後，羽毛又落在什麼地方？

（以上一小段問后羿射日。）

禹摩頂放踵的為天下百姓奔走，到四方去巡察。　怎麼會遇上塗山氏之女，在臺桑地方和她來往？　是不是擔心沒有後嗣，因此在這時和塗山氏結婚？　為什麼禹會有那麼多的口腹之欲？為什麼他特別喜歡吃鯨魚肉？

（以上又問禹事（第二次）。）

禹死了以後，益得了帝位，禹的兒子啟又奪了益的位置；啟既然得到帝位，為什麼又被益幽禁起來？　啟遭遇到這樣的危難，又怎麼脫困？　為什麼益的部下最後都投降了啟，啟沒有受到什麼損傷？　何以益的國運那麼短，而禹的子孫卻能承繼下去？　啟獻祭上帝，得了天樂〈九辯〉與〈九歌〉（〈九辯〉、〈九歌〉均樂曲名）。

啟將生下來時，禹正治水，化作大熊在穿山，啟的母親塗山氏看見了大吃一驚，化作石頭，石頭迸裂，才生出啟來；為什麼兒子竟會害了母親，讓母親碎裂為遍地的石塊？

〈以上問禹之子啟的事情，而以啟、益的爭奪帝位為主體。根據一般傳說，禹要把天下讓給益，但人民喜歡啟，因此立了啟。但在這裡，啟、益卻是爭過帝位的，和一般說法不一樣。〉

夏王無道，上帝降生后羿來紓解民困。　后羿為何射瞎了河伯的左眼，又娶了洛水的水神宓（ㄈㄨˊ fú）妃為妻？　羿射殺了大野豬，拿了肥甘的肉來獻祭上帝，上帝為何不保祐他？　后羿的大臣寒浞（ㄓㄨㄛˊ zhuó）和羿的妃子純狐通姦，聽了純狐的訕惑，謀殺了后羿。　后羿的射箭之術那麼高明，又怎麼會被寒浞所吞滅？

〈以上問后羿事（第二次）。夏朝曾經一度中衰，由后羿所取代，而后羿又為寒浞所殺，後來夏朝的少康才又中興。這裡所問的即是這些事情。〉

鯀往西行，到窮石山去，怎能越過險阻的山巖？　鯀死了以後，屍體既已化為黃能，神巫又怎能使他復活？　鯀教人播種黑黍，種植莆藋，怎麼會被認為惡貫滿盈，而與四凶一起放逐出去？

（又問鯀事（第二次）。從這裡看來，鯀似乎死而復生過，這裡又再度強調鯀不錯，為何被放逐、被殺？）

嫦娥怎會穿著霓裳的美服，戴著珍奇的首飾，在堂上歌舞呢？　后羿怎麼得到不死之藥的？又怎麼會藏得不好而被嫦娥偷去？

（以上一小段問嫦娥、后羿事（后羿已經第三次問了）。）

自然的法則是由陰陽二氣縱橫交錯而成，人如果失去其中一氣的話，就會死亡。

（以上兩句孤立，又不是疑問句，有點奇怪。）

大鳥為什麼鳴叫，它到底死在何處？　雨神屏翳（ㄧˋ yì）能呼雲喚雨，他怎麼有這能力？　風神的身體長得像鹿，怎麼有這種怪形狀呢？　大龜頂著海中的五座仙山，怎麼原本會流動的山就不再動了？　把船放在陸地上航行，怎麼會走得動呢？

（以上又問傳說中的一些異事、異物。但大鳥鳴叫和陸地行舟二事不知何所指。）

澆（寒浞之子）到嫂嫂女歧的房間去，到底請嫂嫂幫他做什麼事，怎麼最後兩人竟來往起來了？　女歧是替澆縫衣裳，兩人趁機同睡一房的嗎？　少康怎麼趁打獵的機會殺了澆，割了他的頭的？　少康又怎麼會在殺澆時誤把女歧當澆，殺錯了人，而自己反而遇到危難呢？　少康起初計劃滅澆時，徒眾很少，怎麼勢力會越來越大？　澆有能力滅掉斟尋國，少康又憑什麼滅了澆？

（以上問少康中興時滅澆的事情。必須一提的是，這裡的女歧跟前面所說，沒有結婚而生九子的女歧，並不是同一人。）

桀征伐蒙山國，虜獲了什麼戰利品？　妹嬉聽了伊尹的話，敗壞夏桀的朝政，湯才

能滅掉夏朝，但為什麼又把妹嬉殺了？

（根據一般傳說，是夏桀寵愛妹嬉，因此亡國。但據其他資料，是桀伐蒙山國，得了兩女子，拋棄元妃妹嬉，妹嬉因而為伊尹作間諜，幫湯滅了桀。這裡所問的，是根據後一種傳說而來。）

舜的父親怎麼不替舜取妻，而讓舜為成家之事而憂愁？　堯事先不和舜父商量，就把娥皇、女英嫁給舜；如果事先商量了，二女又怎能和舜成親？

（以上問舜的事情。）

最初有人類的情形，誰能猜測呢？　璜臺高達十層，是誰有這能力建造？

（以上兩問孤立。第二問有人說是指紂王大興土木，但不太能確定是否如此。）

女媧（ㄨㄚ wā）登立為帝，這件事是誰傳述下來的？　女媧創造了人類，女媧的形體又是誰創造的？

（以上問女媧。根據傳說，是女媧創造了人類，所以這裡這樣問。）

舜一直對他弟弟象很好，象卻始終陷害他。　為什麼象那麼壞的心腸，舜還是沒有受到損傷？

（以上又問舜（第二次）。）

吳國找到了可以長久居住的地方，從此長留在南嶽之地。　誰想到離開了這裡以後，竟得到兩個兒子？

（以上不知何所指，文字也難懂，勉強如此翻譯。）

妹嬉衣緣上繡著鴻鵠，冠冕上鑲著玉石，所受的恩寵如同帝王一般。　為何又接受了伊尹的陰謀，敗壞夏桀的朝政，使得夏朝滅亡？　湯巡察四方時遇到伊尹，加以重用，滅了夏朝。　為何他在鳴條地方放逐了夏桀，老百姓都大為喜悅？

（又問湯滅桀事（第二次）。）

帝嚳（ㄎㄨˋ kù）和妃子簡狄在臺上祭祀時，他們在祈求什麼？　當玄鳥落下鳥卵，簡狄吞了，終於懷孕（後來生了商朝的始祖契），她是怎樣地高興呢？

（以上問簡狄吞鳥卵事，這是有關商朝祖先的傳說。）

王該繼承了父親王季的德業，王季大為讚賞。　為何又會落沒到有易之地放牧牛羊？　王該為何挑動有易氏之女的情思，是因為他以干舞（舞蹈名）去蠱惑她嗎？　為何他能娶到有易氏之女，是因為他長得好看嗎？　王該在有易放牧牛羊時，和有易之女是如何相逢的？　有易氏發現了王該和有易之女偷偷來往，想把他擊殺在臥房中；王該為何能事先逃出，保全了性命？　王該的弟弟王恆也繼承了王季的德業，他怎能把王該所喪失的牛羊又重新奪了回來？　為何王恆不但能夠全身而還，又能施惠於老百姓？　上甲微又繼承了先人的事業，出兵征伐有易，使有易不得安寧。　但他後來又為何放縱情慾，失德失行？　上甲微的弟弟也一樣犯了淫行，甚至殺害自己的哥哥。　殷商的王室行為這樣的反覆，這樣的變詐，後嗣怎麼會如此久長？

（以上一大段問殷商三王該、恆、上甲微的事，而以他們跟有易國的恩怨為主體。可以看出，這時殷商還是游牧民族。是王該在有易放牧羊牛時，和有易之女通姦，觸怒了有易，而惹起兩國之間的一場仇恨。）

成湯巡視東方，到了有莘之地。　為何為了得到伊尹，而娶了有莘氏之女？　伊尹的母親懷孕時遭到大水，無處逃避，化成大桑樹，伊尹從桑樹中生出來。　有莘氏為何因此討厭伊尹，把女兒嫁給湯時，就把伊尹當作僕從，一起送過去？　湯被桀囚禁在重泉之地，到底是犯了什麼罪？　湯最後終於決定出兵伐桀，是誰挑動了他的心呢？

（以上又問湯、伊尹及滅桀事（第三次）。）

武王與諸侯約定在大清早會師伐紂，為何諸侯都能如約而至？　武王伐紂時，為何會有蒼鷹群聚而飛？　已經俘虜了紂王，周公旦並沒有特別欣喜。　為何他還兢兢業業處理大亂之後的事宜，以奠定周朝的國基？　上天既已把天下交給了殷商，為何讓周朝奪得帝位？　紂王又犯了什麼罪，竟然會亡國？為何諸侯都爭先恐後的派遣軍隊跟隨武王伐紂？　為何武王的軍隊，個個奮勇爭先，攻擊紂王的戰陣？

（以上問周武王滅紂事。）

周昭王到南方遊玩，只是想看看祥瑞的白雉，但卻被楚國人所害，這樣的南遊究竟有什麼好處？　穆王求得良馬，周遊天下各處，到底在尋找什麼？　宣王時，那一對怪異的夫婦到底在市街上叫賣什麼，為何要把他們處死？　周幽王是怎樣得到褒姒的？最後又是被誰所殺？　天命無常，究竟上天是要懲罰誰？又是保祐誰？　齊桓公九次會合天下諸侯，當天下各國的盟主，又怎麼會突然遭到殺身之禍？

（以上問西周後半期諸王事，結論時順便提及齊桓公。）

是誰迷惑了紂王，為何紂王憎惡輔佐他的大臣，而聽信讒諂之言？　比干犯了什麼大過，為何把他處罪？　雷開好阿諛，為何卻得到賞賜？　為何聖人都有那麼好的德行，卻遭遇到種種的禍害：梅伯被剁成肉醬，箕子只好裝瘋？

（以上問紂王及諸臣事。）

稷是帝嚳的長子，帝嚳為何對他特別憎惡，把他拋棄在冰上？　為何會有鳥來翼護，讓他不會凍死？　為何稷長大以後具有特殊勇力，能夠使用強弓硬弩？　稷的母親踩了巨人的腳印，才懷孕而生稷，因為稷出生極為奇異，才會讓帝嚳吃驚，而將他拋棄；但為何鳥及牛羊等來保護他，讓他順利成長起來？

（以上問周的祖先稷之事。）

西伯昌趁殷商國勢衰微的時候，成為西方諸侯的領袖。　為何天命降臨歧山（周的根據地），讓周朝代替殷商統治天下？　周神的祖先遷到岐山下，西伯昌又從岐山遷到豐；為何岐山已不足依恃，而須遷往他處？　殷有妲己這樣的婦女迷惑紂王，誰還能夠諫諍？　紂王把西伯的長子剁成肉醬，賜給西伯，西伯吃了，上告於天。為何要向上天報告，讓上天處罰這不可救藥的殷商？　太公望在市場上一面動刀割肉，一面唱歌，西伯聽了為何大為欣喜？　武王發（武王之名）想要吞滅殷紂，為何遲遲不行動而鬱鬱不樂？　以後為何又急迫地載著文王的神主牌出征，而不再稍等片刻？

（以上以西伯昌為主體，問周興殷亡之事。）

晉獻公的太子申生自縊於林中，到底為了什麼緣故？　申生毫無畏懼的自殺，又為何能感動天地？

（以上問申生事。）

天命既已降臨於殷紂，祖伊為何又勸戒紂王說，天命將斷絕？　紂王既已統治天下，上天又為何使周朝滅殷而代替了殷的位置？

（又問周滅紂王事（第三次）。）

伊尹本是湯的小臣，後來成為最重要的輔佐。　為何始終幫忙湯，使殷商的子孫能夠享國那麼長久？

（又問伊尹事（第三次）。）

功勳彪炳的吳王闔廬是壽夢的孫子，從小離散在外。　為何長大以後武功極盛，威震鄰國？

彭祖進雉羹給帝堯，堯為何願意品嘗？　彭祖活到八百歲，壽命何以如此久長？

眾人在中原之地共牧牛羊的時候，黃帝為何大為發怒？　小小的蜂蟻為害牲畜，為何無法撲滅，生命力如此地強韌？

伯夷、叔齊義不食周粟，在西山採薇而食，有一女子告訴他們說，這也是周朝的草木，你們為何要吃，兩人因此不再吃薇菜；餓得將死時，為何有白鹿出現，讓他們吃鹿乳？　他們往北走到河曲之處，見到了什麼，為何突然大為欣喜？

秦景公有猛犬，他的弟弟鍼（ㄓㄣ jēn）為何也想要？　竟想以百兩黃金來交換，最後弄得兄弟不和，景公奪了鍼的爵位，鍼只好出奔晉國。

薄暮雷電交加，何不回去，只是呆呆地發愁？　國威日漸衰頹，又怎能向上帝有所祈求？　躲在深山，住在山洞，又有什麼話好說？　如能悔悟，改弦更張，我又何必多說？

（關於此段，請參閱後面附錄。）

吳楚兩國相攻，楚軍為何長久打勝仗？　吳王闔廬繼續與楚爭戰，日子一久，為何終能大敗楚國？

為何隕（ㄩㄣˇ yǔn）公之女在閭社、丘陵與人偷情，生了令尹子文？　楚王莊敖想殺弟弟熊惲，子文告誡他，這樣做不能享國久長；最後熊惲殺了莊敖，自立為王，子文又為何輔佐他，而贏得忠臣的美名？

（以上問春秋時代楚國賢相子文事，天問至此結束，將結束時所問各事，大多四句一事，彼此孤立，沒有連貫，非常零散。）

【附錄一】

【原詩】

曰①
遂古之初，②
誰傳道之？③
上下未形，④
何由考之？⑤
冥昭瞢（ㄇㄥˊ méng）闇（ㄢˋ àn），⑥
誰能極之？⑦
馮翼惟像，⑧
何以識之？⑨
明明暗暗，⑩
惟時何為？⑪
陰陽三合，⑫
何本何化？⑬

【語譯】

往古最早的事情，
誰傳述下來的？
天地還未成形，
從何考知當時的情形？
宇宙間朦朦朧朧的，
誰能追問呢？
渾渾沌沌一片，
何從辨別萬物的形象。
明明暗暗中，
宇宙又有什麼變化？
陰陽天地的和合，
從何而來？和合之後，又是如何變化？

（以上是天問第一段。天問大部分採取這種四字一句，兩句一問的方式。）

【註釋】

①天問以「曰」字開始，然後接著提出一百七十二個疑問。

②遂古：往古。

③傳道：傳言、傳述。

④上下：指天地；未形，還沒成形。

⑤考：考察而得知其事。

⑥冥：昏暗；昭：明亮；瞢闇（ㄇㄥˊ ㄢˋ）：也是昏暗之意。本句是說，當時只一片朦朦朧朧。

⑦極：有追究、追問的意思。

⑧馮翼：形容天地萬物還未形成的渾沌狀態。惟：語助詞。像：形象。整句是說，天地之形，只是一片渾沌。

⑨識：分別。

⑩明明暗暗：是說宇宙間只是明明暗暗的渾沌。

⑪何為：宇宙有何作為，即大自然有何變化之意。

⑫三合：陰、陽二氣與天三者和合而生萬物。

⑬何本：指陰陽三合何所本，即為何有此事。何化：三合之後，宇宙有何變化。

【附錄二】

【原詩】

薄暮雷電，歸何憂？
厥嚴不奉，帝何求？
伏匿穴處，爰何云？
悟過改更，我又何言？

【語譯】

薄暮雷電交加，回去吧，何必憂愁？
國威日漸衰頹，怎能向上帝有所祈求？
躲在深山，住在山洞，又有什麼話好說？
如能悔悟，改弦更張，我又何必多說？

以上〈天問〉將近結束時一小段，文字難解，也不知所指何事。但有人卻根據這一小段證明〈天問〉是屈原作的。這裡的翻譯是根據他們的解釋，勉強譯出來的。譬如「厥嚴不奉」、「爰何云」都非常不好懂，他們的講法未必妥當。又，「悟過改更」之前原來還有兩句，有些學者認為應該移到後面去。前面翻譯整篇〈天問〉時，也是根據這個改過的順序譯的。

下篇

澤畔的悲歌

一、屈原這個人和他的作品

（一）屈原這個人

屈原是中國歷史上鼎鼎有名的大人物，凡是讀過一點書的中國人，很少不知道他的。但是，很奇怪，關於他的生平事跡，我們卻知道得很少。譬如說，他生在哪一年，哪一年自殺，總共活了幾歲，連這種最基本的問題，我們都不曉得。當然可以想像得到，其他的事情我們更不清楚了。以前的人對於他的生平有許許多多的推測，然而，這也只是「推測」而已，到底對不對呢，誰也不敢確定。更有趣的是，有的人因為古代關於屈原的記載，都讓人覺得撲朔迷離，於是乾脆否定有屈原這個人存在。連屈原這個人的存在與否都起了懷疑，那麼，也就可以了解到屈原的生平事跡實在是太模糊了，好像還是個謎團一般。

根本不承認有屈原這個人，這的確有點荒謬。但有的人又很肯定的推測說，屈原在哪一年生在哪個地方，哪一年發生什麼事，哪一年又怎麼樣，最後又在哪一年自殺，說得煞有介事、有頭有尾的樣子，這也實在不能令人信服。我們要了解屈原這個人，以及他的作品，恐怕最好還是根據最早的時候漢朝人關於他的一些記載，作個簡單而扼要的畫像。由這個畫像，我們可以知道屈原一生最重要的遭遇，也可以了解到，這些遭遇如何影響他的一生，最後終於使他自殺，也終於使他成為中國歷史上最著名的人物之一。

屈原是楚國王族的後代。在很早以前，屈家最早的祖先是某一個楚王的兒子，被封到「屈」這個地方，因此他的子孫就以「屈」來作為他們的姓。很久以來，屈家一直是楚國王族裡最有勢力的家族之一。在春秋時代，屈家曾經出過許多風雲一時的大人物。到了戰國時代，屈家和另外兩個家族景家與昭家，成為楚國王族裡最有名的三族，影響似乎更大了。當時，楚王特別設了一個「三閭大夫」的官，來處理屈、景、昭這三個王族的事務，屈原本人就曾經擔任過這個職務。

屈原既然出身於這種權大勢大的王族，可以想見，他一定會參與楚國的政治事務。但是，有關他早年的生活，我們一點也不清楚。我們只知道，當屈原出現在歷史舞台上，我們開始看到屈原這個人時，他已經成為楚王最親信的大臣了。當時的楚王是楚懷王，而屈原所擔任的官職是「左徒」，可能是僅次於令尹（楚國丞相）的高官。

楚懷王的時代，是戰國時代的關鍵期。當時，秦國很明顯的一天比一天強大，其他六國已經無法和秦國抗衡了。六國為了自保，決定採用蘇秦的建議，大家聯合在一起抵抗秦國，這就是一般所說的「合縱」政策。但是雖然是六國聯合，整個合縱政策的成敗卻掌握在齊、楚兩國手上。因為齊、楚兩國是六國中最強大的，只有他們兩國同心協力，六國同盟才有實現的可能。楚懷王的時代所以是關鍵時代，其原因就在於：懷王不能充分了解齊、楚聯盟的重要性。他的外交政策始終搖擺不定，時而聯齊，時而聯秦。這樣的政策不但使楚國的國勢一再削弱下去，六國同盟的合縱政策也無形中瓦解了。合縱一瓦解，也就決定了六國的命運，秦國可以放手的一個一個去吞滅六國了。

屈原是充分了解齊楚聯盟的重要性，可惜的是，當懷王要開始脫離六國合縱時，屈原已不是楚懷王所親信的大臣了。屈原當左徒時，完全得到懷王的信任，說得上是「言聽計從」。但也因為屈原太得到信任，不免引起另一位大臣上官大夫的嫉妒。上官大夫在懷王面前批評屈原的傲慢與自大，暗示懷王說，屈原連楚王都不太看在眼中，只曉得誇耀自己的才能。上官大夫的讒言終於使得懷王生氣起來，開始疏遠屈原了。

就在這時候，秦國派遣張儀到楚國來破壞六國的合縱政策。張儀在當時是以「連橫」政策出名的。所謂連橫，簡單的說，就是要六國和秦國和好，秦國自然不會吞滅六國。張儀也知道合縱的成敗操在齊、楚兩國，所以他先針對楚國下手。他告訴楚懷王說，只要楚國跟齊國斷絕來往，秦國願意割給楚國六百里土地。楚懷王聽說平白可以得到六百里土地，馬上就動了心。屈原立刻向懷王剖析聯齊的重要。然而，懷王已經不再信任他了，又貪得六百里土地，終於聽了張儀的話，和齊國斷絕外交關係。

懷王一和齊國破裂，馬上要求秦國割地。然而，張儀卻派人跟懷王說：「我們只說割六里，哪裡是六百里呢？」懷王一聽，大怒，知道被張儀愚弄了。於是下令攻秦，但卻打了大敗仗，大將戰死，土地還被攻占了一大塊。於是又總動員一次，再度攻秦，不幸又大敗。這時，魏國又趁火打劫，居然也起兵攻楚。而齊國，對於楚國的無端斷交非常憤怒，當然袖手旁觀，不會加以援助的了。

懷王真是又悔又怒，只好派遣屈原出使齊國，似乎有重建聯盟的意思。但秦國卻又把所攻占的楚國土地歸還楚國，以此來破壞齊、楚再度聯盟。懷王竟跟秦國說，失地他可以不要，只要把張儀派來給他處罰，他就心甘情願了。張儀竟然大膽地又來到楚國，憑著他的三寸不爛之舌，再加上買通楚國大臣靳尚、楚王寵妃鄭袖，居然又說得懷王原諒了他，把他放走了。屈原這時剛從齊國回來，立刻勸懷王殺張儀。懷王也後悔，馬上派人追張儀，然而卻追不上，張儀已經回到秦國境內了。

懷王這樣的兩度受張儀愚弄，卻還沒看清事實，居然不能下決心與秦國斷絕來往，與齊國聯盟。從此以後，他的外交政策一直在齊、秦之間搖擺不定。這當然只有更加使秦國強大起來，更加使六國的處境日漸艱危起來。最後，秦昭襄王希望懷王到秦國去跟他商量事情，懷王想去，屈原又勸他說，秦國不講信用，絕不可去。然而，懷王的兒子令尹子蘭卻極力贊成懷王去。於是懷王到了秦國。果然，懷王一到，秦王立即把懷王扣留下來，威脅他說，只要割地給秦國，就放他回去。懷王真是怒氣沖天，死也不肯割地。懷王就這樣被扣留在秦國了。懷王曾經趁機逃走，逃到趙國邊境，然而趙國卻不敢讓他進來，怕引來秦國的攻擊。懷王只好又回到秦國，最後終於死在秦國。

屈原的一生可以說和懷王息息相關。是懷王提拔屈原，信任他，讓他參與國政。屈原也忠心耿耿，努力報效國家與君王。哪裡知道，懷王卻聽信上官大夫的讒言，疏遠了他。然而，屈原永遠記得懷王以前對他的禮遇，永遠把國家與懷王放在自己之上。只要一有機會，他總會出面勸諫懷王。他要懷王不要相信秦國，要與齊國聯盟，要殺張儀，不要到秦國去。每一次重要的事情，屈原都提出忠告，而懷王總是不聽。最後懷王終於自食惡果，死在秦國。可以說，懷王的失敗也就是屈原的失敗，懷王死了，他的忠君報國的理想也整個破滅了。那個提拔他、信任他，但又疏遠他，處處不聽他勸說的懷王，那個他想一生報效，死而後已的懷王，這樣悽慘的死在秦國，也正代表他一生政治生涯的大失敗。

現在懷王死了，楚國人終於明白屈原的遠見。按照道理說，新王（頃襄王，懷王的長子）應該有所覺悟，應該重新重用屈原才對。然而不然，楚國人稱讚屈原的先見之明，相對的，也就批評令尹子蘭勸懷王入秦。屈原的存在好像時時在提醒大家，令尹子蘭做了最大的錯事一般，子蘭因此惱羞成怒，天天在頃襄王面前講屈原的閒話。頃襄王於是把屈原流放到江南（長江以南；楚國的都城郢都是在長江北面。當時，江南地區要遠比江北落後）。

放逐江南代表的是屈原政治生涯的最後結局。他順著夏水、長江南下，流浪於江南各地。他日日思念江北的故鄉，日日思念故國的一切，關心故國的一切。然而，日復一日，年復一年的過去，頃襄王一直就沒有再召他回去的意思。終於，屈原是完全絕望了，他知道人家已經完全忘記他了，再也沒有報效君國的機會了。於是不知道在哪一年的哪一天，在他漂泊江南好幾年之後，終於跳下汨羅江（在湖南省），結束了他的一生。

（二）屈原的作品

歷史上，像屈原這樣一生忠直，卻有著悲慘遭遇的，不知道有多少。屈原所以成為其中最出名的人物，究其原因除了屈原是政治人物之外，他還是個詩人。他把在政治上的不得意，他對讒人的痛恨，他對楚王的忠心，以及他自己的心志，全部宣洩在他的作品上。也因為他的忠直，他的感情豐富，使得他的作品流露出一份特殊的感人力量。我們從歷史上，只能了解到屈原的事跡；是屈原的作品，讓我們了解到屈原這個人的全部感情。從歷史我們只看到骨架，從屈原的作品我們認識到有血有肉的一個偉大的人格。可以說，使屈原這個人不朽，使他永遠活在我們中國人心上的，不是歷史的記載，而是他自己的作品。

屈原的作品，全部搜集在《楚辭》這本書裡。東漢時，王逸曾經注解《楚辭》，根據他的說法，這本書裡的其中二十五篇是屈原所作，即

〈離騷〉
〈九歌〉（共十一篇）
〈天問〉
〈九章〉（共九篇）
〈遠遊〉
〈卜居〉
〈漁父〉

另外還有〈大招〉一篇，王逸不太能確定是不是屈原的作品。《楚辭》裡還有一篇〈招魂〉，王逸認為是宋玉作的，司馬遷的《史記》也曾經提到，卻說是屈原所作。而在班固的《漢書》裡，班固又提到屈原賦共二十五篇，篇數剛好與王逸所說的相符合，所以一般比較不相信〈招魂〉和〈大招〉是屈原作的。

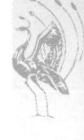

然而，就是王逸所說的二十五篇，歷代的學者也總有人懷疑，其中某些篇章不可能是屈原所作。尤其到了現代，懷疑的人更多，而且，被人懷疑到的作品也更多了。可以說，差不多除了〈離騷〉公認是屈原的代表作之外，其他各篇，幾乎都有了問題。學者們在這方面的討論，真是連篇累牘，令人眼花撩亂。在這許多的討論之後，我們可以這麼說，〈離騷〉和〈九章〉的一部分，是屈原最可靠的作品，〈九歌〉、〈天問〉、〈遠遊〉、〈卜居〉、〈漁父〉，則恐怕屈原所作的可能性並不大。至於司馬遷所提到的〈招魂〉，倒有可能是屈原寫的，但也不能十分確定。

其實，我們可以從另一個角度來處理這些作品。我們可以問：從哪些篇章中，我們最能了解到屈原這個人的人格與感情？我們可以把這些篇章找出來，然後去閱讀，然後去認識這個我們聞名已久的大詩人。從這樣的角度去看，我們就會發現，了解屈原的關鍵是以下三組作品：

（一）〈離騷〉
（二）〈九章〉
（三）〈卜居〉、〈漁父〉

〈離騷〉是最重要的，是屈原的「大作」，是了解他的感情的最主要的依據。其次，〈九章〉雖然包含九篇較短的篇章，其中可能有些部分也不一定是屈原所作，但最好的幾篇，卻也可以配合〈離騷〉來讀，能補〈離騷〉的不足之處。至於〈卜居〉、〈漁父〉，雖然不是屈原的作品，但卻是很早很早以前，別人眼中所看到的屈原，可以讓我們看到，在最早的時候，屈原在一般人心中是怎樣的一個形象。我們可以說，只要讀過這三組作品，我們就能夠約略認識這個偉大的中國詩人，也能夠了解，為什麼歷代的中國人都那麼佩服他的原因。所以，本書的下半部，就分成三個單元，分別講述這三組作品。

二、心靈的自傳——〈離騷〉

〈離騷〉是屈原最有名的作品，也是中國詩裡最偉大的詩篇之一，這是大家都知道的。在這首長篇作品裡（全篇共計兩千四百多字），屈原採取自傳體的方式，首先敘述自己的進德修業，以及把國君引向正道的志向；然後講到奸邪的進讒言，自己的被疏遠；接著是疏遠之後的徬徨，以及對理想之追求的鍥而不捨。整篇寫的是忠直的屈原感人的心理歷程，可以說是屈原「心靈的自傳」，最能夠讓我們了解到屈原人格的整體面目。

但是，「離騷」這個題目又是什麼意思呢？這有兩個比較通行的解釋。一種是說，「離」即是「罹」，而「罹」則是「遭遇」的意思；至於「騷」，則是「憂愁」的意思。所以「離騷」即是「遭遇到憂愁」；屈原取這個題目，是要說，他是遭遇到憂愁，才寫下這篇作品的。第二種解釋是說，「離」即是「離別」的意思，所謂「離騷」，就是「離愁」；屈原所要敘述的是，自己在受到放逐與離別之後心中的愁思。大致說起來，採取第一種解釋的人比較多。這裡要補敘一句，《楚辭》一書中的篇章題目，不一定是屈原自撰的，有可能是研究〈離騷〉或屈原的人所擬定的，像這種情形在很多古籍中不乏先例，不過這種考據性的問題，在此無庸費辭，還是從〈離騷〉的創作心態與時代背景上，多加探討析述吧！

那麼，屈原又是在什麼時候寫下這篇作品的呢？這也有不同的講法。比較傳統的講法是說，屈原因為上官大夫的讒言，開始被楚懷王所疏遠，為了表達心中的憂愁幽思，才寫下這篇〈離騷〉。但後來卻有人說，〈離騷〉應該是在屈原放逐到江南以後才寫的。又有一些人，雖然贊成傳統的說法，認為〈離騷〉寫於放逐江南以前，但又以為不會早到屈原開始被疏遠時，應該再晚一點。這些講法，很難斷定誰對誰錯。還好，對我們欣賞〈離騷〉不會有什麼影響，所以關係還不大。

對我們欣賞〈離騷〉來講，比較有關係的是另一個問題，那就是我們在〈九歌〉緒論裡已經提到的關於「香草美人」的問題。屈原在〈離騷〉裡，一再的使用香草來比喻自己的進德修業。譬如開頭一段他就說，他披著江離和辟芷，又把秋蘭佩在身上，又要摘取木蘭和宿莽。像這種例子，整篇〈離騷〉中到處都是。至於美人，〈離騷〉裡常以美人來比喻君王，又常把君臣關係比喻作男女關係，那讒邪就好比嫉妒的女子在說那些品行端正嫻淑的女子（即指君子）的壞話。

關於這些問題，以前的人只說「香草以配忠貞」，「美人以媲於君」。但我們總覺得這樣的解釋還不夠，我們總想進一步追問：為什麼要拿香草來比君子？為什麼要把君臣關係比作男女關係？

要解答這些問題，我們可以從〈九歌〉的香草美人說起。我們已經知道，在楚國的民俗宗教裡，在祭祀的時候，不論祭品、擺設、和神、巫的服飾，都和香草脫離不了關係。在古代，宗教是非常神聖的，那麼和宗教息息相關的香草當然也就是和世俗不同的聖物了。因此我們可以想像，當楚國人要說明自己的德行與世不同，自己比一般世人要清高時，他以他們宗教的聖物香草來作比喻，是再順理成章也不過了。所以，屈原以香草來自喻，實在是從他所熟悉的宗教祭典脫胎而來的。當他說到自己身披一大堆的香草，說自己所穿的「非世俗之所服」，他一定想到祭典裡神、巫所穿的服飾。這服飾是非常神聖的，是一般人不可隨意穿戴的，因此屈原就以這種香草的服飾來象徵自己德行的高人一等。

至於〈離騷〉的美人問題，也可以設想是從〈九歌〉的人神戀愛脫胎出來的。既然人、神關係都可以比成男、女關係，為什麼君、臣關係就不可以比成男、女關係呢？尤其當我們想到，在古代君是被當成神一樣的看待，我們就會覺得，從人神的男女關係到君臣的男女關係，是再自然也沒有了。既然神的不肯降臨，可以比成情人的失約，那麼君的不再信任臣，當然可以比喻成情人的背叛，或者情人受了其他女子的誘惑而拋棄了自己。

所以，我們可以看得出來，〈離騷〉是楚國特殊的民俗和屈原特殊的人格的結晶品。屈原的成就，不但在於他表達了自己的豐富的感情和崇高的人格，同時也在於，他能夠從自己民族的特色裡攝取精華，把它和自己的人格結合在一起。所以〈離騷〉是透過一個民族的特殊性格所表現出來的偉大的人格。

因為〈離騷〉很長，為了閱讀方便，底下的講述分成三大節，每一大節又分成若干小節，每一小節之後，都有簡單的賞析。

（一）雖九死其猶未悔

【原詩】

帝高陽之苗裔兮，①
朕（zhèn）皇考曰伯庸。②
攝提貞於孟陬（zōu）兮，③
惟庚寅吾以降。④
皇覽揆（kuí）余初度兮，⑤
肇（zhào）錫于以嘉名。⑥
名余曰正則兮，⑦
字余曰靈均
紛吾既有此內美兮，⑧
又重之以修能。⑨
扈（hù）江離與辟（pì）芷（zhǐ）兮，⑩
紉（rèn）秋蘭以為佩。⑪

【語譯】

我是高陽帝的後裔，
我的父親叫伯庸。
正在寅年寅月，
庚寅那一天我降生下來。
父親觀察我出生的時辰很好，
於是賜給我好的名字。
替我取名叫正則，
替我取字叫靈均。
我既有這麼多的內在美德，
又有美好的儀態。
我披著江離與辟芷這些香草，
還把秋蘭結成衣佩。

汩ㄩˋ yù 余若將不及兮，⑫
恐年歲之不吾與。⑬
朝搴ㄑㄧㄢ qiān 阰ㄆㄧˊ pí 之木蘭兮，⑭
夕攬洲之宿莽。⑮
日月忽其不淹兮，⑯
春與秋其代序。⑰
惟草木之零落兮，⑱
恐美人之遲暮。⑲
不撫壯而棄穢兮，⑳
何不改乎此度？㉑
乘騏ㄑㄧˊ qí 驥ㄐㄧˋ jì 以馳騁兮，㉒
來吾導夫先路。㉓

我匆匆忙忙的像要趕不上，
恐怕歲月啊不肯等待我。
早上到土山上摘取木蘭，
傍晚又到沙洲中採著宿莽。
日月倏忽地過去，不肯久留，
春天和秋天不停地輪替。
那草木不斷凋落啊，
恐怕美人就要年華老去。
不肯趁著壯年改掉惡習，
為什麼還不改變這種態度？
乘著良馬趕快奔馳吧，
來啊，讓我在前面領路。

【註釋】

①高陽：古代傳說中的帝王，即五帝中的顓頊（ㄓㄨㄢ ㄒㄩˋ zhān xù）。苗裔：後裔、後代。

②朕（ㄓㄣˋ）：古代一般人都可稱「朕」，至秦始皇才規定為皇帝的專用詞。皇考：古人稱呼已去世的父親叫皇考。伯庸：有人說是屈原父親之名，有人說是字，不是名。

③攝提：古人用干支紀年，凡是寅年（如甲寅、乙寅、丙寅等）都叫攝提年。貞：正、正在那時候的意思。孟陬（ㄗㄡ）：即正月，以干支來講，古代的正月是寅月。

④惟：語助詞。庚寅：庚寅那一天。降：降生。

⑤皇：即皇考、父親。覽揆（ㄎㄨㄟˇ）：觀察的意思。度，時節；初度，出生的時節，這裡指出生的好時日（寅年寅月寅日）。

⑥肇（ㄓㄠˋ）：開始。錫：賜。嘉名：好名字。

⑦根據《史記》，屈原名平，字原，這裡卻說名正則、字靈均。兩者未能符合。學者們有種種解釋，但對我們欣賞〈離騷〉關係不大，我們可以不管。

⑧紛：眾多的樣子。內美：指以上所說好的生日（寅年寅月寅日）、好的名字。古人相信生日和名字對自己會有所影響。

⑨又重之：又加上。修能：即修態，美好的儀態，指自己打扮得美好。

⑩扈（ㄏㄨˋ）：披。江離、辟芷（ㄆㄧˋ ㄓˇ）：都是香草。

⑪紉（ㄖㄣˋ）：把東西結成帶子或繩索叫紉。佩：衣佩，古人佩在身上的飾物。以上兩句是說明前面所說的「修態」。

⑫汩（ㄩˋ）：形容迅速的樣子。

⑬年歲：歲月、時光。與：等待；不吾與，不等待我。
⑭搴（ㄑㄧㄢ）：摘取。阰（ㄆㄧˊ）：高地、土山。
⑮攬：採。洲：沙洲。宿莽：香草。
⑯忽：迅疾的樣子。淹：久留。
⑰代序：即更相代謝之意。春去秋來，秋去春又來，如此輪替不已，這叫代序。
⑱惟：語助詞。零落：凋零、凋落。
⑲美人：以前人都說指楚懷王，其實這裡只是比喻，是說人如不及時努力，待時間快得就要像美人老去一般，就後悔莫及了。遲暮：指年紀老大。
⑳撫壯：趁著壯年之時。穢：指不好的行為；棄穢，改掉不好的行為。
㉑此度：這種態度，指上一句所說的，年輕時不肯努力，不肯改掉不好的行為。
㉒騏驥（ㄑㄧˊ ㄐㄧˋ）：良馬。
㉓導夫先路：在前面引導、領路。

【賞析】

以上第一小節，從家世、生日、名字，說到自己努力進德修業。從「汨余若將不及兮」以下，寫「及時當自勉，歲月不待人」，寫時光流逝之迅速，真有一種驚心動魄的感覺，可以體會得出來，屈原是如何地焦急著要自我努力，要建立一番功業。尤其寫到最後兩句：「乘騏驥以馳騁兮，來吾導夫先路」，真像是一刻也坐不住，非立即趕路不可。而且是趕在他人之前，督促別人也一起跟他走。在這一節裡，「汨余若將不及兮，恐年歲之不吾與」、「日月忽其不淹兮，春與秋其代序。惟草木之零落兮，恐美人之遲暮」，都是名句。有這些寫光陰流逝的名句，更使本節生色不少。

【原詩】

昔三后之純粹兮，①
固眾芳之所在。②
雜申椒與菌桂兮，③
豈維紉（ㄖㄣˋ rèn）夫蕙茝（ㄔㄞˇ chǎi）？④
彼堯舜之耿介兮，⑤
既遵道而得路。⑥
何桀紂之猖披兮，⑦
夫唯捷徑以窘步。⑧

【語譯】

從前三王德行純美，
群芳都聚集在一起。
裡面雜有申椒與菌桂等香草，
哪裡只是串結著蕙草和白芷！
那堯舜光明正大，
既已遵行著正道，走上了坦途。
為何桀紂還猖狂放縱，
在小路上寸步難行？

惟夫黨人之偷樂兮，⑨
路幽昧以險隘。⑩
豈余身之憚ㄉㄢˋ dàn 殃兮，⑪
恐皇輿之敗績。⑫
忽奔走以先後兮，⑬
及前王之踵武。⑭
荃不察余之中情兮，⑮
反信讒而齌ㄐㄧˋ jì 怒。⑯
余固知謇謇ㄐㄧㄢˇ jiǎn 之為患兮，⑰
忍而不能舍也。⑱
指九天以為正兮，⑲
夫唯靈修之故也！⑳
初既與余成言兮，㉑
後悔遁而有他。㉒
余既不難夫離別兮，㉓
傷靈修之數化。㉔

那結黨小人苟且偷安啊，
走的路幽暗、狹隘又危險。
我哪裡是怕災禍呢，
我只害怕君王的車子傾覆。
我在車子前後迅速地奔走，
希望趕得上前王的足跡。
君王不能體察我的真情啊，
反而相信讒言而勃然大怒。
我本來就知道忠直只會惹來災患，
要忍卻也忍不住。
我指著上天發誓啊，
一切都是為了君王的緣故。
原先既已和我約定好了，
又改變心意而有了他心。
我並不為離別而難過啊，
我只為君王的變心而傷心。

【註釋】

①三后：三王，即夏禹、商湯、周文王武王。純粹：形容美德之無瑕疵。

②眾芳：眾多的芳草，比喻君子都在朝廷之上。

③申椒、菌桂：都是香草。

④維：惟，只有。紉（ㄖㄣˋ）：串結在一起。蕙、茝：都是香草。茝（ㄔㄞˇ）：即芷。

⑤耿介：光明正大。

⑥遵道：遵行正道。得路：是說找對了路，走上了康莊大道。

⑦猖披：穿衣而不繫帶，形容行為放縱隨便。

⑧夫唯：語助詞。捷徑：小路。窘步：行走困難。是說桀、紂走上小路，故寸步難行。

⑨惟夫：語助詞。黨人：指小人結黨營私。偷樂：苟且偷安。

⑩幽昧：幽暗。險隘：路狹隘而危險。

⑪憚（ㄉㄢˋ）：害怕；殃，災禍。憚殃：害怕遭到災禍。

⑫皇輿：君王的車子，比喻國家。敗績：軍隊大敗，兵車傾覆叫敗績，比喻國家敗亡。

⑬忽：迅速的樣子。奔走先後：在車子前後奔走，以防車子傾覆，比喻自己努力照顧國家大事。

⑭及：趕上、順著的意思。前王：指前面所說的三王和堯、舜。踵武：足跡。

⑮荃：香草，即蓀，比喻楚王。

⑯ 齌（ㄐㄧˋ）怒：勃然大怒。
⑰ 謇謇（ㄐㄧㄢˇ）：忠直的樣子。為患：惹來災患的意思。
⑱ 舍：同捨，止。忍而不能捨，是說：想忍住卻忍不住，想不要忠直卻辦不到。
⑲ 九天：即上天的意思。正：即證，上天作為證明，即指著上天發誓的意思。
⑳ 靈修：指楚王。
㉑ 初：原先、原來。成言：有了約定的意思。
㉒ 悔遁：反悔、改變心意。有他：有他心。
㉓ 不難夫離別：即不害怕離別，指被楚王所疏遠。夫，助詞。
㉔ 數化：屢次改變心意。

【賞析】

以上第二小節，先引古代的帝王作為戒鑑，說明自己為何要如此的努力；然後說到自己的忠直卻只得來楚王的怒氣，對於楚王的變心感到難過。本節有個特色，那就是所有的比喻都和路有關。堯、舜找對了路，走上了康莊大道；桀、紂卻在小路上寸步難行。那些小人走的路是又幽暗、又險隘，屈原怕楚王走上這條路而讓車子傾覆，因此努力的想引導他走向堯、舜的坦途。路的比喻我們常用，所以初讀之下可能不覺得有什麼特別。但仔細體會，你會發現屈原寫得很好。尤其「忽奔走以先後」一句，很能描寫屈原前後奔走，不辭辛勞的情形。這一句，使路和車子的比喻完全生動起來。另外，「余既不難夫離別兮，傷靈修之數化」也寫得好。難過的並不是和情人分手，難過的是情人變了心，完全不是以前和自己「成言」（山盟海誓）的那個人。這兩句寫感情寫得很細膩。還有像「余固知謇謇之為患兮，忍而不能舍也。指九天以為正兮，夫唯靈修之故也。」剖心直陳，毫不保留，一言直達心裡，語氣又堅決，最能看出屈原忠直激切的性格。〈離騷〉裡這一類的句子極多，這是我們要特別注意的。

【原詩】

余既滋蘭之九畹（ㄨㄢˇ wǎn）兮，①
又樹蕙之百畝。②
畦（ㄒㄧ xī）留夷與揭車兮，③
雜杜衡與芳芷。

【語譯】

我已經栽培了一、二十畝的蘭花。
又種植了百畝的蕙草。
種上一隴一隴的留夷和揭車，
夾雜著杜衡與芳芷。

冀枝葉之峻茂兮，④
願竢（ㄙˋ sì）時乎吾將刈（一ˋ yì）。⑤
雖萎絕其亦何傷兮，⑥
哀眾芳之蕪穢。⑦
眾皆競進以貪婪兮，⑧
憑不厭乎求索。⑨
羌內恕己以量人兮，⑩
各興心而嫉妒。
忽馳鶩以追逐兮，⑪
非余心之所急。
老冉冉其將至兮，
恐修名之不立。⑫
朝飲木蘭之墜露兮，

希望枝葉長得高大茂盛，
等待適當的時候我要來收割。
即使被風雨摧折了也不必傷心，
最可悲的是竟然變成一片荒蕪污穢。
（以上兩句是說，賢能受到摧折，尚不可悲，最可悲的是他們自己變節。）
眾人都貪婪地追逐權勢、財利。
已經飽滿了，還不知足地索求。
都以自己的心思去忖度別人，
紛紛地對他人生出了嫉妒之心。
這樣匆忙地奔馳追逐，
不是我心所想的急務。
（以上兩句是說，奔馳著去追逐權勢財利，這並不是我所急著要做的事。）
漸漸地年紀就要老大了，
我所怕的是美名還沒有建立。
早上啜飲著木蘭的墜露，

夕餐秋菊之落英。
苟余情其信姱kuā以練要兮，⑬
長顑kǎn頷hàn亦何傷。⑭
擥lǎn木根以結茝兮，⑮
貫薜荔之落蕊。⑯
矯菌桂以紉蕙兮，⑰
索胡繩之纚纚xǐ。⑱
謇jiǎn吾法夫前修兮，⑲
非世俗之所服。⑳
雖不周於今之人兮，㉑
願依彭咸之遺則。㉒

傍晚咀嚼著秋菊的落花。
如果我果真美好，心志果真堅定，
永遠的落魄憔悴又有什麼關係。
拿著木根串結上白芷，
把薜荔的落蕊貫串在一起。
高舉著菌桂來纏上蕙草，
又把胡繩結成長長的繩子。
我所要效法的是古代的賢人，
不是世俗的人所能遵行。
即使不能見容於現代人，
我也要效法彭咸的榜樣。

【註釋】

① 滋：栽、種。畹（ㄨㄢˇ）：古代的田地面積單位，比畝還大，大概有一、二十畝之多。

② 樹：種植。

③畦（ㄒㄧ）：田隴。這裡當動詞用，一隴一隴地種植的意思。留夷、揭車：都是香草。

④冀：希望。峻茂：高大茂盛。

⑤竢（ㄙˋ）：等待。竢時，等待適當時候，即等待各種香草長成的時候。刈（ㄧˋ）：收割。

⑥萎絕：枯萎。香草枯萎，比喻君子受到陷害摧折。何傷：何必哀傷、有什麼好哀傷。

⑦蕪穢：荒蕪。香草荒蕪，比喻君子變節，成為小人。

⑧競進：指小人爭相追逐權勢。

⑨憑：滿；不厭，不滿足。憑不厭，是說已經裝滿了還不感到滿足。索：也是求的意思。

⑩羌：發語詞。內恕己以量人：是說，以己心去揣度他人，自己貪婪，就以為別人也貪婪，想跟他爭東西。

⑪忽：迅速的樣子。馳騖：即奔馳之意。

⑫修名：美名。

⑬信：實在。姱（ㄎㄨㄚ）：美好。信姱，的確美好。練要：精誠專一、心志堅定。

⑭顑頷（ㄎㄢˇ ㄏㄢˇ）：吃不飽面色飢黃的樣子，引申為落魄憔悴的意思。

⑮擥（ㄌㄢˇ）：持、拿。木根：植物的根部。結茝：把茝串結在木根上。茝：白芷。

⑯貫：串結。薜荔：香草。

⑰矯：舉。紉蕙：是說把蕙草纏在菌桂之上。

⑱索：繩索，這裡當動詞用，結成繩索的意思。胡繩：香草。纚纚（ㄒㄧˇ）：形容繩索長長的樣子。

⑲ 謇（ㄐㄧㄢˇ）：發語詞。法：效法。夫：語助詞。前修：前賢。

⑳ 服：穿。是說自己穿香草之服，與世俗不同；比喻自己的德行，不是世俗之人所能行的。

㉑ 周：合。

㉒ 彭咸：相傳殷代的大夫，因其君不聽勸諫，投水而死。遺則：留下來的模範、榜樣。

【賞析】

以上第三小節，先以種植香草，比喻自己的引拔賢能。可惜這些人都變節，和一般小人一樣，只知追逐權勢與財利。而自己則堅持理想，「恐修名之不立」，不管別人如何的貪婪與競進，自己還是要「法夫前修」，即使因此而像彭咸一樣的跳水自殺也在所不惜。在本節裡，屈原為了強調自己跟眾人不一樣，一再的提到香草。因此，我們可以看得出來，凡是屈原要堅定自己的心志，要攻擊小人，他總要再一次的說自己摘香草、披香草、甚至吃香草之露或花等等的。香草在〈離騷〉裡，實在有驅邪（小人）及自我鼓舞的作用，其功效有如強心劑一般。另外，從「苟余情其信姱以練要兮，長顑頷亦何傷」，我們再一次的看到屈原那種堅決的心志。這種毫不保留的肯定的語氣，充分表現了屈原忠直不屈的性格。

【原詩】

長太息以掩涕兮，①
哀民生之多艱。②
余雖好修姱以鞿羈（jī）兮，③
謇朝誶（suì）而夕替。④
既替余以蕙纕（xiāng）兮，⑤
又申之以攬茝。⑥
亦余心之所善兮，
雖九死其猶未悔。⑦
怨靈修之浩蕩兮，⑧
終不察夫民心。⑨
眾女嫉余之蛾眉兮，⑩
謠諑（zhuó）謂余以善淫。⑪
固時俗之工巧兮，
偭（miǎn）規矩而改錯。⑫
背繩墨以追曲兮，⑬

【語譯】

拭著眼淚，長聲歎息，
可哀啊！人生為何如此的艱難。
我雖然注意打扮，又潔身自好，
卻早上一進諫，傍晚立刻被廢逐。
既責備我佩著蕙草，
又斥責我不該手持白芷。
這都是我真心的喜好，
即使再死多少次也絕不後悔。
可悲的是那君王糊裡糊塗，
始終不能了解我的真心。
眾女都嫉妒我的美貌，
造謠說我生性淫蕩。
本來時俗就是投機取巧當道，
背棄了規矩而胡作非為。
違背了法度走上邪曲的道路，

競周容以為度。⑭
忳（tún）鬱（jù）邑（yì）余侘（chà）傺（chì）兮，⑮
吾獨窮困乎此時也。⑯
寧溘（kè）死以流亡兮，⑰
余不忍為此態也。⑱
鷙（zhì）鳥之不群兮，⑲
自前世而固然。
何方圜之能周兮，⑳
夫孰異道而相安？
屈心而抑志兮，㉑
忍尤而攘（ráng）詬。㉒
伏清白以死直兮，㉓
固前聖之所厚。㉔

爭著把圓滑、諂媚作為法則。
抑鬱煩悶啊！我悵惘難過，
就獨獨只有我走投無路。
寧可突然死去，或者遭受放逐，
我也不忍做出這樣的醜態。
鷙鳥不肯和凡鳥同群啊，
自古代以來就是這樣。
方和圓怎能彼此相容，
不同道的人誰又怎能相安無事？
壓抑自己、委屈自己，
這是忍恥而含辱。
保持清白，死於正道，
本就是前代聖人所讚許的啊！

【註釋】

①掩涕：拭淚。
②民生：人生。
③修：修飾，打扮；姱，美好。好修姱，喜歡把自己打扮得美好。鞿羈（ㄐㄧ ㄐㄧ）：束縛，這裡是說自我約束。
④謇：發語詞。誶（ㄙㄨㄟˋ）：進諫。替：廢棄，廢逐。
⑤替：這裡的「替」是以什麼罪名把我廢逐的意思。纕（ㄒㄧㄤ）：佩帶；蕙纕，以蕙為佩帶。
⑥又申之：又加上。這裡是說，又加上另一個罪名。攬茝：拿著白芷。
⑦九死：再死多少次的意思。九，形容次數之多。
⑧靈修，指楚王。浩蕩：無思慮的樣子，即糊塗的意思。
⑨民心：人心，指屈原而言。
⑩嫉余之蛾眉：嫉妒我長得好看。這裡以男、女來比喻君臣關係。
⑪謠諑（ㄓㄨㄛˊ）：即造謠毀謗的意思。謂：說。善淫：指女子生性淫蕩。
⑫偭（ㄇㄧㄢˇ）：背棄；偭規矩，背棄法度的意思。錯：置；改錯：更改的意思。這裡是說小人任意更改法度，胡作非為。
⑬背繩墨：也是違背規矩法度的意思。追曲：走上邪曲不正之路。
⑭周容：苟合取容，即行事圓滑，只求取媚於人的意思。度：法則，以周容為做人行事的法則。

⑮ 忳鬱邑（ㄊㄨㄣˊ ㄩˋ ㄧˋ）：憂愁鬱悶的樣子。侘傺（ㄔㄚˋ ㄔˋ）：不得志的樣子。

⑯ 窮困：處境困窘的意思。

⑰ 溘（ㄎㄜˋ）：忽然。整句是說，寧可突然死去，或者被放逐。

⑱ 此態：指前面所說，小人的偭規矩，背繩墨、競周容。

⑲ 鷙（ㄓˋ）鳥：猛禽，如鷹之類。不群：是說不和凡鳥同群。

⑳ 方圜：即方圓。圜，同圓。周：合。

㉑ 屈心抑志：是說委屈自己，壓抑自己去順從流俗，去跟小人做同等的行為。

㉒ 尤，過失；攘（ㄖㄤˊ），取；詬，辱。整句是說忍恥含辱的意思。以上兩句是說，如果委屈自己去順從小人，就是忍恥含辱。

㉓ 伏，即服；伏清白，即保持清白之意。死直：為直道而死。

㉔ 厚：讚許的意思。

【賞析】

以上第四小節，反反覆覆的說小人如何陷害自己，小人的行為如何的鄙劣。但不論自己的處境如何的窘困，自己是不會屈服的，自己仍舊要堅持本有的原則和理想。在這節裡，我們最可以看出屈原堅決的語氣和不妥協的性格。像「亦余心之所善兮，雖九死其猶未悔」、「寧溘死以流亡兮，余不忍為此態也」，真是表現了一往直前，不惜為正道而犧牲的精神，在末尾以鷙鳥自比，又以方圓比君子、小人的不能相合，把自己跟小人的界限截然劃清，又說「伏清白以死直兮，固前聖之所厚」，還是這種不妥協精神的具體表現。

【原詩】

悔相道之不察兮，①
延佇（ㄓㄨˋ zhù）乎吾將反。②

回朕車以復路兮，③
及行迷之未遠。④
步余馬於蘭皐（ㄍㄠ gāo）兮，⑤
馳椒丘且焉止息。⑥
進不入以離尤兮，⑦

【語譯】

後悔自己沒有把路看清楚，
默默地站著，準備回去。
（以上兩句是說，自己沒有把路看清楚，走錯了路，現在準備掉轉頭回來。）
掉轉車子回到原路吧，
趁著迷途還沒有走得太遠。
控著馬在蘭皐緩緩而行，
奔馳到椒丘上暫且休息。
既然進身不得，反而獲罪，

退將復修吾初服。⑧
製芰(ㄐㄧˋ jì)荷以為衣兮，⑨
集芙蓉以為裳。
不吾知其亦已兮，⑩
苟余情其信芳。⑪
高余冠之岌岌(ㄐㄧˊ jí)兮，⑫
長余佩之陸離。⑬
芳與澤其雜糅(ㄖㄡˇ rǒu)兮，⑭
唯昭質其猶未虧。⑮
忽反顧以遊目兮，⑯
將往觀乎四荒。⑰
佩繽紛其繁飾兮，⑱
芳菲菲其彌章。⑲
民生各有所樂兮，
余獨好修以為常。⑳

那就隱退下來整修原來的服飾。
（以上兩句是說，既然在政治上遇到挫折，就退回來，以便保持自己原來的心志。）
把菱、荷的葉子製成上衣。
又拿芙蓉綴集成下裳。
不了解我也就算了吧，
只要我真的美好芬芳。
戴著高高的帽子。
繫著長長的衣佩。
芳香與光澤充滿一身，
清白的本質毫未虧損。
忽然回過頭來四處眺望，
我要到極遠的四方觀覽。
佩帶著繽紛的裝飾，
更顯得芳香瀰漫。
人生各有各的喜好，
我獨獨愛好修飾，成了習慣。

雖體解吾猶未變兮，㉑
豈余心之可懲（ㄔㄥˇ chěng）？㉒

即使把我肢解了也不會改變，
我哪裡會因此而後悔？

【註釋】

①相：看；道，路。相道，視察道路。不察：沒有看清楚。
②延佇（ㄓㄨˋ）：長久佇立的意思，反：同返。
③朕車：我的車子。復路：回到原來的路上。
④及：趁。行迷：迷途的意思。整句是說，趁著迷途還沒走得太遠趕快回來。
⑤步：讓馬慢走叫步。蘭皋：皋（ㄍㄠ）：水旁之地；因上面長有蘭草，所以叫蘭皋。
⑥椒丘：土丘上長著椒樹，所以叫椒丘。且：暫且；焉，指示詞，指椒丘；止息，休息。整句是說暫且在這裡休息。
⑦進：指進身於君前；不入，指不為楚王所用。進不入，是說自己想在政治上有所作為，卻不為君王所用。離：同罹，遭遇；尤，過失。離尤，獲罪的意思。
⑧復修初服：重新整理原來的衣服。這裡原來的衣服是暗示原來的志向。
⑨芰（ㄐㄧˋ）：菱。

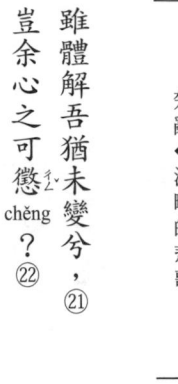

⑩不吾知：不知吾，不了解我。已：止；其亦已兮，也就算了吧的意思。

⑪苟：如果、只要。信：果真、確實；信芳，果真芳香美好。

⑫岌岌（ㄐㄧˊ）：高的樣子。

⑬陸離：長的樣子。

⑭芳與澤：芳香與光澤。雜糅（ㄖㄡˇ）：交雜、交集，是說芳香與光澤集於一身。

⑮唯：語助詞。昭質：清白的本質。未虧：沒有虧損。

⑯反顧：回頭看。遊目：縱目四望。

⑰四荒：四方最荒遠之地。

⑱繽紛：眾多的樣子。繁飾：佩帶了許多裝飾之物。

⑲芳菲菲：芳香瀰漫的樣子。彌：更；章，同彰，明的意思。彌章指香氣更明顯可聞。

⑳好修：喜好修飾，比喻自己努力進德修業。

㉑體解：肢解。

㉒懲（ㄔㄥˊ）：後悔。

【賞析】

以上第五小節，寫自己既然在宦途上不得意，準備從此隱退下來，以便保持自己清白的心志。從開頭寫到這裡，第一大節可以說告一段落，一方面，從政壇隱退，表示自己從此對人世絕望，自己所能做的，只是「復修吾初服」。一方面，從感情上來說，當詩人說到「雖體解吾猶未變兮，豈余心之可懲？」詩人不妥協的性格已表現到極點，我們感覺到，他已無法在這現實人世再處下去。所以，他決定「將往觀乎四荒」。這是結束，結束他跟這齷齪的小人世界的關係，也是個開始，開始他往另外一個世界的追尋。接著底下第二、三大節，寫的就是他整個追尋的過程。所以我們可以看得出來，整個第一大節，完全是屈原對現實人世的批評，是他以自己的志節與小人貪鄙截然對比的過程。這一連串的對比，是以「反覆凌亂、哀怨無端」的筆法來表現的。我們只覺得是屈原一個人在那邊時而喃喃訴怨，時而憤怒地控訴。那是一個身處絕境的人無法可想時，唯一解脫的「方法」。讀這一整節時，假如你也有「我本無罪，奈何至此」的類似感受，那你可能會同意清代詞人納蘭容若的一句話，那就是：「讀〈離騷〉，愁似湘江日夜潮。」

（二）哀高丘之無女

【原詩】

女嬃（xū）之嬋媛兮，①
申申其詈（lì）予，曰：「②
鯀（gǔn）婞（xìng）直以亡身兮，③
終然殀（yǎo）乎羽之野。④
汝何博謇（jiǎn）而好修兮，⑤
紛獨有此姱節？⑥
薋（zī）菉（lù）葹（shī）以盈室兮，⑦
判獨離而不服。⑧
眾不可戶說兮，⑨
孰云察余之中情？
世並舉而好朋兮，⑩
夫何煢（qióng）獨而不予聽？」⑪

【語譯】

阿姊關心我，
再三地責罵我說：「
鯀因為剛直而亡身，
終於死在羽山之野。
你為何要博學、忠直，又愛好修飾。
獨獨有這麼多美好的行為？
別人滿屋子的薋、菉、葹等惡草，
你為何要與眾不同，不肯採用！
我們既不能挨家挨戶地去說明，
誰又能了解我們的真情？
一般人都成群結黨，朋比為奸，
你為何要孤孤單單的，不肯聽我勸告？」

【註釋】

① 嬃（ㄒㄩ）：楚國人把姊姊叫做嬃；女嬃，指屈原的姊姊。嬋媛：關心的樣子。

② 申申：再三地。詈（ㄌㄧˋ）：責罵。

③ 鯀（ㄍㄨㄣˇ）：夏禹的父親。婞（ㄒㄧㄥˋ）直：剛直。

④ 終然：終於。殀（ㄧㄠˇ）：死。羽之野：羽山之野。

⑤ 博，博學；謇（ㄐㄧㄢˇ）：忠直。好修：喜好修飾。

⑥ 紛：眾多的樣子。姱：美好。姱節，美好的行為。

⑦ 薋、菉、葹（ㄗ　ㄌㄨˋ　ㄕ）：三種都是惡草，比喻小人。

⑧ 判：離群而獨立的樣子。不服：不穿、不用，指不用上句所說的惡草。

⑨ 戶說：挨家挨戶地去說服他們。

⑩ 舉：皆；並舉，「都是」的意思。朋：成群結黨的意思。

⑪ 煢（ㄑㄩㄥˊ）獨：孤獨。

【賞析】

以上第二大節第一小節，寫女嬃勸屈原不要太固執，也不要太清高、太忠直，最好順從流俗，跟一般人一樣地作為。這樣的勸責，使我們更進一步的認識到屈原那種剛直、不肯妥協的性格。

【原詩】

依前聖以節中兮，①
喟（ㄎㄨㄟˋ kuì）憑心而歷茲。②
濟沅湘以南征兮，③
就重華而陳詞：④
啟〈九辯〉與〈九歌〉兮，⑤
夏康娛以自縱。⑥
不顧難以圖後兮，⑦
五子用失乎家巷（ㄏㄨㄥˋ hòng）。⑧
羿淫遊以佚畋（ㄊㄧㄢˊ tián）兮，⑨

【語譯】

想向古代聖人學得做人的準則，
我又感歎又憤慨地到了這裡。
渡過沅、湘到南方來，
我向重華（舜）陳述衷情。
（以上四句是因女嬃責備屈原，所以屈原到舜所葬之地向舜陳情，問他自己應該怎麼做才對。）
啟得到〈九辯〉、〈九歌〉等樂曲。
卻貪圖安逸享樂，放縱自己。
不顧慮危難，不考慮後果，
他的兒子五觀因此作亂，夏朝起了內鬨。
后羿過度的遊樂、畋獵，

又好射夫封狐。
固亂流其鮮終兮，⑩
浞（zhuó）又貪夫厥家。⑪
澆（ào）身被服強圉（yù）兮，⑫
縱欲而不忍。
日康娛而自忘兮，⑬
厥首用夫顛隕（yǔn）。⑭
夏桀之常違兮，
乃遂焉而逢殃。⑮
后辛之菹（jū）醢（hǎi）兮，⑯
殷宗用而不長。⑰
湯禹儼（yǎn）而祗（zhī）敬兮，⑱
周論道而莫差。
舉賢才而授能兮，
循繩墨而不頗。
皇天無私阿（ē）兮，⑲
覽民德焉錯輔。⑳

又喜愛射獵大狐。
淫亂的人本來就少有好結果，
寒浞又霸占了他的家室。
澆生性強武好鬥，
一味的縱欲，不能自我節制。
天天安逸享樂，忘了自身的安危，
他的頭因此被砍斷墜落。
夏桀一再地違背正道，
終於遭遇了災禍。
紂王把人剁成肉醬，
殷朝因此不能久長。
湯、禹敬畏上天，虔敬無比，
周文王、武王講論道義，不犯差錯。
舉用賢才，把政事交給能幹的人，
遵循法度規矩，毫不偏頗。
上天不會有偏私啊，
他看誰有德就輔助誰。

夫維聖哲以茂行兮，㉑
苟得用此下土。㉒
瞻前而顧後兮，㉓
相觀民之計極。㉔
夫孰非義而可用兮？
孰非善而可服？㉕
阽（diàn）余身而危死兮，㉖
覽余初其猶未悔。
不量鑿而正枘（ruì）兮，㉗
固前修以菹醢。
曾（zēng）歔（xū）欷（xī）余鬱邑兮，㉘
哀朕時之不當。㉙
攬茹蕙以掩涕兮，㉚
霑余襟之浪浪（láng）。㉛

只有聖哲那美好的德行，
才能夠享有這整個天下。
看看古代，再看看現在，
仔細觀察人們行事的準則。
誰能夠不義而行得通？
誰能夠不善而走得下去？
即使置身於危險、死亡的境地，
反省自己的本心，我絕不後悔。
不肯量斧孔的大小來削斧柄，
本來就是前賢被剁成肉醬的原因。
一再地歔欷感歎啊，我抑鬱不樂，
可哀啊，我如此的生不逢辰。
拿起柔軟的蕙草來擦拭眼淚，
那淚水滾滾，已霑濕了衣襟。

【註釋】

①節中：折中，指求得行為的準則。

②喟（ㄎㄨㄟˋ）：歎息的樣子。憑心：內心憤懣不平的意思。歷茲：到這裡。指下文渡沅、湘到舜所葬之地。

③濟：渡。沅、湘：均水名，在湖南省境內。南征：南行。

④重華：即舜。相傳舜死在南方，葬在湖南九疑山。陳詞：陳述表情，陳訴懷抱的意思。

⑤啟：夏禹的兒子。〈九辯〉、〈九歌〉：均古代樂曲，相傳是啟從天上偷下來的。

⑥夏：夏朝，即指啟。康娛：安逸享樂的意思。自縱：放縱自己，不加約束。

⑦不顧難圖後：沒有顧慮到會有危難，沒有考慮到後果。

⑧五子：五觀，啟的小兒子，曾經作亂。用：因此。巷（ㄏㄨㄥˋ）：音義同鬨；家巷，即家鬨，家有內鬨，即生內亂的意思。

⑨羿：即后羿。夏朝中衰，后羿曾經占了夏朝的帝位。淫遊：遊樂過度的意思。佚：放肆；畋（ㄊㄧㄢˊ）：打獵。佚畋，是說非常喜好打獵。

⑩亂流：淫亂之輩。鮮終：少有好結果。

⑪浞（ㄓㄨㄛˊ）：即寒浞。厥：他的；家，指妻室。寒浞貪戀后羿的妻子，殺了后羿，加以強占，所以說貪夫厥家。

⑫澆（ㄠˋ）：寒浞的兒子。被服：披服；強圉（ㄩˋ）：強武有力。被服強圉，是說生性強武好鬥。

⑬自忘：是說安逸享樂得忘了自身的安危。

⑭厥首：他的頭，指澆。用：因此。顛隕（ㄩㄣˇ）：掉下來。整句是指澆後來被少康所殺，頭被砍斷。

⑮遂焉：終於的意思。逢殃：遭遇災禍。

⑯后辛：即紂王。菹（ㄐㄩ）：醃菜；醢（ㄏㄞˇ）：肉醬。菹醢，是說把人剁成肉醬。紂王曾經把比干、梅伯兩人剁成肉醬。

⑰宗：宗祀；殷宗，即殷朝（商朝）的政權的意思。用：因此。

⑱儼（ㄧㄢˇ）：畏。祇（ㄓ）敬：對神虔敬的意思。

⑲皇天：上天。私阿（ㄜ）：偏私、偏袒。

⑳覽：觀察。錯：置；輔，助。錯輔，即輔助的意思。整句是說，看誰有德就輔助誰。

㉑維：同惟，只有。茂行：美行的意思。

㉒苟：才能夠、才可以的意思。用：享有。下土：即天下的意思。

㉓瞻前顧後：有縱觀古今的意思。

㉔相：看；相觀，觀察的意思。計：謀慮；極，原則。計極，是說行事之原則的意思。

㉕可服：可用，可行。

㉖阽（ㄉㄧㄢˋ）：瀕臨險境的意思。

㉗鑿：斧上插柄的孔。枘（ㄖㄨㄟˋ）：斧柄插入斧孔中的一端叫枘。整句是說，不肯量一下斧孔有多

大，再把斧柄削成可以插進去的大小程度。比喻自己不肯俯順世俗。

㉘ 曾歔欷（ㄗㄥ ㄒㄩ ㄒㄧ）：一再地歔欷歎息。鬱邑：即抑鬱不樂的意思。

㉙ 朕時：我所生長的時代。不當：不值，生得不是時候，即生不逢辰的意思。

㉚ 茹：柔；茹蕙，柔軟的蕙草。

㉛ 襟：衣襟。浪浪（ㄌㄤˊ）：淚流不止的樣子。

【賞析】

以上第二小節。在前一小節裡，女嬃指責屈原不該如此固執，因此在這裡，屈原充滿了委屈，向舜哭訴。他一再地反省、一再地檢討，一再地舉古代暴亂者亡國、有德者興盛的例子來證明：「夫孰非義而可用兮，孰非善而可服？」不是這樣嗎？那麼，我這樣的行善守義，為何會有如此的窘境？在這裡，我們可以看出屈原的「傻勁」，他竟然一一的列舉古代的例子來證明善有善報、惡有惡報的道理，真是傻得可笑、可悲、又可敬。也可以看出屈原的迷惑：既然如此，他為何會有今天，還被女嬃所責罵，好像真的是他錯了似的？這一小節初讀之下也許會覺得囉嗦，然而，如能體會到以上所說的兩點，你會覺得，這一整節其實是非常感人的。

【原詩】

跪敷衽（rèn）以陳辭兮，①
耿吾既得此中正。②
駟玉虬（qiú）以乘鷖兮，③
溘（kè）埃風余上征。④
朝發軔（rèn）於蒼梧兮，⑤
夕余至乎懸圃。⑥
欲少留此靈瑣兮，⑦
日忽忽其將暮。
吾令羲和弭（mǐ）節兮，⑧
望崦（yān）嵫（zī）而勿迫。⑨
路曼曼其修遠兮，
吾將上下而求索。
飲余馬於咸池兮，⑩
總余轡（pèi）乎扶桑。⑪
折若木以拂日兮，⑫

【語譯】

展開衣襟，跪著陳訴衷情。
我已經清楚地找到正道。
駕著玉虬，乘著鳳凰車，
我迅速地乘風往天上飛行。
早上從蒼梧出發。
傍晚到達了仙山懸圃。
想要在這神靈的所在逗留片刻。
太陽匆匆地就要落下西方。
我叫羲和慢慢地駕著車子，
那崦嵫山暫且不要靠近。
道路漫漫又遙遠啊，
我要上上下下地追尋。
讓我的馬在天池喝水，
將我的馬轡繫在扶桑木上。
折下若木來遮蔽太陽，

聊逍遙以相羊。⑬
前望舒使先驅兮，⑭
後飛廉使奔屬。⑮
鸞皇為余先戒兮，⑯
雷師告余以未具。
吾令鳳鳥飛騰兮，
繼之以日夜。
飄風屯其相離兮，⑰
帥雲霓而來御。⑱
紛總總其離合兮，⑲
斑陸離其上下。⑳
吾令帝閽開關兮，㉑
倚閶（ㄔㄤ chāng）闔（ㄏㄜˊ hé）而望予。㉒
時曖曖（ㄞˋ ài）其將罷（ㄆㄧˊ pí）兮，㉓
結幽蘭而延佇。㉔
世溷濁而不分兮，㉕
好蔽美而嫉妒。㉖

暫且在這裡逍遙自在一番。
前面命望舒領路，
後面叫飛廉跑著跟隨。
鸞鳥、鳳鳥作先行的護衛，
雷神卻告訴我行裝還沒有準備。
我命鳳鳥不停地飛騰，
白天過去了，再接續著黑夜。
暴風聚合著又散開了，
率領著雲霓來迎接。
那紛紛的雲朵乍離乍合，
飄飄忽忽地上下不定。
我叫守門的人替我打開天門，
他卻倚著天門不理不睬地望著我。
天色將晚，人也疲倦了，
我手持著幽蘭默默佇立。
人世間是這樣地混濁，不分善惡，
只會嫉妒，只會隱蔽別人的美德。

【註釋】

①敷：展開；衽（ㄖㄣˋ）：衣的前襟。

②耿：光明，這裡當副詞用，有「清楚地」的意思。中正：中正之道。即前面所說的「孰非義而可用，孰非善而可行？」

③駟：駕。虬（ㄑㄧㄡˊ）：無角龍。虬身上的馬勒等物以玉裝飾，所以叫玉虬。鷖（ㄧ）：鳳凰。整句是說，以鳳凰為車，而用虬來駕著。

④溘（ㄎㄜˋ）：迅速的樣子。埃風，風揚著塵埃，所以叫埃風。溘埃風，迅速地乘風而行的意思。上征：往天上飛行。

⑤發軔（ㄖㄣˋ）：出發、動身。蒼梧：地名，即九疑山。屈原在這裡向舜陳詞。

⑥懸圃：在崑崙山（傳說中的仙山）。

⑦少留：稍微停留。靈瑣：神人所居之地的宮門，這裡指神人所居之地。

⑧羲和：太陽神。弭（ㄇㄧˇ）節：讓馬車慢慢地走叫弭節。

⑨崦嵫（ㄧㄢ ㄗ）：神話中太陽所落之山。迫：近。（以上兩句是說，叫羲和把太陽之車停住，不要落下去的意思。）

⑩咸池：神話中的天池，太陽沐浴之所。

⑪總轡（ㄆㄟˋ）：把馬韁繫住叫總轡。扶桑：神木，長在日出之處。

⑫若木：也是神木，有人說即是扶桑。拂日：遮蔽太陽。
⑬相羊：即徜徉，自由自在地來回。
⑭望舒：神話中駕月神之車的人。先驅：在前面領路。
⑮飛廉：風神。奔屬：在後面跟著跑。
⑯鸞：鸞鳥；皇，凰鳥（雌鳳）。先戒：在車子前面戒備、護衛。
⑰飄風：暴風。屯：聚；屯其相離，是說風時聚時散。
⑱帥：率領。御：迎接。
⑲紛總總：形容眾多的樣子。整句形容雲霓忽離忽合的樣子。
⑳斑陸離：形容參差錯綜的樣子。整句形容雲霓上下飄忽的樣子。
㉑帝閽：替天帝守門的人。
㉒閶闔（ㄔㄤ ㄏㄜˊ）：天門。整句是說，帝閽望著我，根本不理睬我的叫門。
㉓曖曖（ㄞˋ）：昏暗不明的樣子。罷（ㄆㄧˊ）：即疲。將罷，是說天晚人也疲倦了。
㉔結：折下樹枝、花朵來拿在手中。延佇：長久佇立。
㉕溷濁：即混濁。不分：不分是非善惡。
㉖蔽美：阻礙好人，讓他們不得志。

【賞析】

以上第三小節，寫屈原從舜那裡求得中正之道後開始往天上追尋。然而，經過一連串的尋求之後，卻沒想到帝閽不肯為他開門，看來天上也跟人間一樣，都是奸邪得勢，所以屈原只有感歎著說：「世溷濁而不分兮，好蔽美而嫉妒。」看來他到什麼地方去，都是不得意的。

【原詩】

朝吾將濟於白水兮，①
登閬(ㄌㄤˇ lǎng)風而緤(ㄒㄧㄝˋ xiè)馬。②
忽反顧以流涕兮，
哀高丘之無女。③
溘吾遊此春宮兮，④
折瓊枝以繼佩。⑤
及榮華之未落兮，⑥

【語譯】

早上我要渡過白水，
把馬繫在閬風山上。
我忽然回頭觀望，不禁流下淚來，
可哀啊，這高山上竟然沒有美女。
我迅速地來到東方的春宮，
折下瓊枝來結著玉佩。
趁著容顏還未衰謝，

相下女之可詒（一ˊ yí）。⑦

吾令豐隆乘雲兮，⑧
求宓妃之所在。⑨
解佩纕（ㄒ一ㄤ xiāng）以結言兮，⑩
吾令蹇修以為理。⑪
紛總總其離合兮，⑫
忽緯繣（ㄏㄨㄚˋ huà）其難遷。⑬
夕歸次於窮石兮，⑭
朝濯（ㄓㄨㄛˊ zhuó）髮乎洧（ㄨㄟˇ wěi）盤。⑮

保厥美以驕傲兮，⑯
日康娛以淫遊。
雖信美而無禮兮，
來違棄而改求。⑰

我要尋找那人間的美女。
（以上是說，既然仙山上沒有神女，則尋找看看人間有沒有女子，值得贈送她信物的。）

我叫豐隆乘雲飛行，
去尋求宓妃的居所。
解下佩帶來寄託心意，
我叫蹇修替我作媒。
那宓妃率領著眾多的隨從降臨，
忽然又乖戾地拒絕了我，突然離去。
傍晚她到窮石山去休息，
一大早，她又在洧盤水邊洗髮。
（以上四句是說，宓妃本來已臨，突然又乖戾的拒絕了我，跑到窮石和洧盤去了。）

靠著她的美貌，她就驕傲自大，
貪圖安逸，只會天天遊樂。
縱然她實在很美麗，但傲慢無禮，
走吧！就放棄她再另外尋求。

覽相觀於四極兮，⑱
周流乎天余乃下。
望瑤臺之偃（yǎn）蹇（jiǎn）兮，⑲
見有娀（sōng）之佚女。⑳
吾令鴆（zhèn）為媒兮，㉑
鴆告余以不好。㉒
雄鳩之鳴逝兮，
余猶惡其佻（tiáo）巧。㉓

心猶豫而狐疑兮，
欲自適而不可。㉔
鳳鳥既受詒兮，㉕
恐高辛之先我。㉖
欲遠集而無所止兮，㉗
聊浮遊以逍遙。
及少康之未家兮，㉘

尋找、觀察了極遠的四方，
周遊完天上，我下降到人間。
望著高高的瑤臺。
看見那有娀國美女。
我叫鴆鳥為我作媒。
鴆鳥卻說那女子不美。
雄鳩從頭上飛鳴而過，
我又嫌惡它佻巧輕薄。
（以上兩句是說，想請雄鳩作媒，但又厭惡它太輕薄。）
我內心猶豫狐疑，
想要自己去又覺得不妥當。
鳳鳥已經受了委託，帶禮物去說媒。
恐怕高辛氏就要搶先了我。
想要到遠地去又無處停留，
就暫且在這裡逍遙、漫遊。
趁著少康尚未成家，

留有虞之二姚。㉙
趕快留下有虞國的二女。
（以上兩句是說，趁著少康尚未娶有虞之二女，趕快先娶過來。）

理弱而媒拙兮，㉚
媒人沒有能力，口才又笨拙，

恐導言之不固。㉛
只恐怕傳話傳得不穩妥。

世溷濁而嫉賢兮，
人世混濁只會嫉妒賢才啊，

好蔽美而稱惡。
也會隱蔽美德，稱揚邪惡。

閨中既以邃遠兮，㉜
閨中既如此的深遠，

哲王又不寤。㉝
明哲的君王又始終不覺悟。

懷朕情而不發兮，㉞
滿懷的衷情無可表達，

余焉能忍與此終古？㉟
我怎能如此忍受到長久？

【註釋】

①濟：渡過。白水：神話中的江水，發源於崑崙山。

②閬（ㄌㄤˋ）風：神話中的山，在崑崙山上。緤（ㄒㄧㄝˋ）：繫；緤馬，繫馬。

③高丘：指崑崙山與閬風，即指仙山的意思。無女：沒有美女；女，指神女。以上是說自己到崑

崙山上找神女，卻找不到。

④春宮：古代傳說天上有東西南北及中央五帝，東方青帝所居叫春宮。

⑤瓊枝：瓊樹之枝。繼：結；繼佩，即用瓊枝將玉佩結在衣服上的意思。

⑥及：趁。榮華：即花，這裡比喻容顏。未落：花未落，比喻容顏未衰，即年紀還輕的意思。

⑦相：看，觀察，尋找。下女：人間之女。詒（ㄧˊ）：贈送。

⑧豐隆：雲神。求宓妃之所在。

⑨宓妃：相傳伏羲氏之女，溺死洛水，遂為洛水女神。

⑩佩纕（ㄒㄧㄤ）：即佩帶。結言，即寄意的意思。

⑪蹇修，人名，相傳是伏羲氏之臣。理：媒人的意思。

⑫紛總總其離合：這裡形容宓妃降臨，隨從眾多的樣子。

⑬緯繣（ㄏㄨㄚˋ）：乖戾的樣子。難遷：難以移動，難以說動，即拒絕的意思。

⑭次：停留下休息。窮石：山名。

⑮濯（ㄓㄨㄛˊ）髮：洗髮。洧（ㄨㄟˇ）盤：水名。

⑯保：這裡有憑恃的意思。厥：他的，指宓妃。整句是說，宓妃因她的美貌而驕傲。

⑰違棄：放棄，是說不再追求宓妃。改求：另外去追求別的女子。

⑱覽、相、觀：三字都是觀察，尋找的意思。四極：四方極遠之地。

⑲瑤臺：瑤，玉名；瑤臺，形容臺之美，所以叫瑤臺。偃蹇（ㄧㄢˇ ㄐㄧㄢˇ）：高的樣子。

⑳有娀（ㄙㄨㄥ）：國名。佚女：美女。有娀之佚女，指帝嚳（ㄎㄨˋ）的妃子簡狄，商朝始祖契的母親。

㉑鴆（ㄓㄣˋ）：鳥名。傳說中一種有毒的鳥。

㉒不好：是說，鴆告訴我說，有娀之女並不美好。鴆不肯作媒，所以才這樣說。

㉓惡：厭惡。佻（ㄊㄧㄠˊ）巧：講話口氣輕薄的意思。

㉔適：往；自適，自己去。不可：沒有自己作媒的道理，所以說「不可」。

㉕詒：贈送，這裡指禮物。受詒，帶了禮物去說媒的意思。

㉖高辛：即帝嚳。

㉗集：棲息；遠集，到遠處停留的意思。

㉘未家：尚未成家。

㉙有虞：國名。少康逃到有虞時，有虞把兩個女兒嫁給少康。

㉚弱：沒有能力；拙，口才笨拙。整句是說，媒人既無能力，又無口才。

㉛導言：傳話。不固：不穩固，不可靠。

㉜邃遠：深遠。

㉝哲王：賢智之君，指楚王。

㉞朕：我。不發：無法表達。

㉟焉能：怎能。忍：忍耐、忍受。與此終古：永遠處在這種情況之下的意思。

【賞析】

以上第四小節，寫屈原求女的過程。先到仙山之上尋求，但「高丘無女」，只好轉向人間追尋。先後求宓妃、有娀之佚女及有虞之二女，但也都紛紛失敗。我們可以看得出來，求女的過程其實是象徵屈原跟楚王的關係。是屈原想跟楚王建立特殊的君臣關係，希望楚王能夠相信他、任用他。求女的失敗，也就是表示楚王不接受屈原的懇求。所以屈原最後說：「閨中既以邃遠兮，哲王又不寤。」楚王就好比那深閨的女子，處在深閨之中，已經不容易接近了，再加上小人的蒙蔽（本節以媒人不能達成使命來象徵），楚王又不醒悟，屈原當然只有永遠被疏遠了。

第二大節到這裡完全結束。在這一節裡，屈原先是被女嬃責罵，只好找重華（舜）哭訴。哭訴以後，覺得自己並沒有錯，接著動身開始追尋，先飛行到天上要求見天帝，然而，帝閽卻不肯開門。再追求天上人間的女子，又一一的失敗。所以在一整節裡，屈原的追尋完全落空。於是屈原只好改變心意，想作另外一種追尋了。這是底下第三大節所要寫的。

（三）忽臨睨夫舊鄉

【原詩】

索藑（ㄑㄩㄥˊ qióng）茅以筳（ㄊㄧㄥˊ tíng）篿（ㄓㄨㄢ zhuān）兮，①
命靈氛為余占之。
曰：「兩美其必合兮，②
孰信修而慕之？③
思九州之博大兮，
豈惟是其有女？」
曰：「勉遠逝而無狐疑兮，④
孰求美而釋女？⑤
何所獨無芳草兮，
爾何懷乎故宇？⑥
世幽昧以眩曜兮，⑦
孰云察余之善惡？

【語譯】

拿了藑茅和竹子來占卜，
請占卜的人替我決斷吉凶。
他說：「兩美必定能相合，
有誰確實美好而別人不愛慕？
想想天下是如此的廣大，
哪裡會只有此地有美女？」
又說：「到遠地去吧，不要猶疑，
誰會尋求美才卻把你捨棄？
何處沒有芳草呢，
你何必眷戀著故土？
人世間又昏暗又惑亂，
誰能夠了解我們的善惡？

民好惡其不同兮，
惟此黨人其獨異！⑧
戶服艾以盈要兮，⑨
謂幽蘭其不可佩。
覽察草木其猶未得兮，⑩
豈珵（ㄔㄥˊ chéng）美之能當？⑪
蘇糞壤以充幃兮，⑫
謂申椒其不芳。」

人的好惡本來就不同，
這裡的小人尤其特異！
家家把艾草掛滿了腰間，
卻說幽蘭不可佩帶。
觀察草木都還不能分辨清楚，
哪裡能知道美玉的價值？
取了糞土填滿香囊，
卻說申椒一點也不芬芳。」

【註釋】

①索：取。藑（ㄑㄩㄥˊ）茅：草名，可用來占卜。以：與。筳（ㄊㄧㄥˊ）：折斷成一小段一小段的竹子。篿（ㄓㄨㄢ）：以藑茅和竹子來占卜叫做篿。
②兩美必合：比喻良臣必遇明君。
③信：的確、實在；修：美。信修，確實美貌。慕：愛慕。
④勉：勉勵之詞，勸人努力的意思。遠逝：到遠地去。

⑤女：同汝；釋女，捨棄你、放過你。
⑥爾：你。懷：眷戀。故宇：故國、故鄉。
⑦幽昧：幽暗不明。眩曜：即炫耀，本指日光強烈，引申為惑亂的意思。
⑧惟：語助詞。黨人：指小人。
⑨艾：惡草。盈：滿；要：腰。盈要，是說人人拿艾草來佩帶在腰上。
⑩整句是說，連草木的好壞都分不清楚。
⑪珵（ㄔㄥˊ）：美玉。當：值，即估價的意思。
⑫蘇：取。糞壤：糞土。充：填滿。幃：香囊。

【賞析】

以上第三大節第一小節。在上一節的最後一小節裡，屈原到處追尋美女，卻毫無所獲。這裡靈氛告訴屈原，雖然楚國找不到，還可以到外地去尋求。只要自己有才，還怕別人不知道嗎？既然這裡的小人已不可救藥，何必對故國眷戀不捨呢？在戰國時代，遊說之風極盛，本國不能用，到他國尋找機會的人多得是。靈氛就是暗示屈原，既然楚王已經不再用你，何不到外地求發展呢？

【原詩】

欲從靈氛之吉占兮，①
心猶豫而狐疑。
巫咸將夕降兮，②
懷椒糈xǔ而要之。③
百神翳yì其備降兮，④
九疑繽其並迎。⑤
皇剡剡yǎn其揚靈兮，⑥
告余以吉故。曰：「
勉陞降以上下兮，⑦
求榘jǔ矱huò之所同。⑧
湯禹嚴而求合兮，⑨
摯咎gāo繇yáo而能調tiáo。⑩
苟中情其好修兮，

【語譯】

想要聽從占卜人的吉占，
內心又猶豫狐疑。
神巫巫咸要在黃昏時降臨，
我懷著椒香和精米去邀請。
百神全都降臨，遮蔽了天日，
九疑山諸神也紛紛地去迎接。
光輝閃閃啊眾神顯現威靈，
告訴我吉利的緣故，說：「
去吧，上天下地去尋找吧，
去尋求心志所相同的人。
湯、禹都虔敬地求過同志，
求到了伊尹、皋陶而和諧相處。
（以上兩句是說，湯禹求賢臣，得了伊尹、皋陶，君臣相處和諧。）
只要內心真正地喜好修飾，

又何必用夫行媒？
說（ㄩㄝˋ yuè）操築於傅巖兮，⑪
武丁用而不疑。⑫
呂望之鼓刀兮，⑬
遭周文而得舉。
寧戚之謳（ㄡ ōu）歌兮，⑭
齊桓聞以該輔。⑮
及年歲之未晏兮，
時亦猶其未央。⑯
恐鵜（ㄊㄧˊ tí）鴂（ㄐㄩㄝˊ jué）之先鳴兮，⑰
使夫百草為之不芳。」⑱

又何必用得著媒人。
傅說操版築牆於傅巖，
武丁重用他，毫不遲疑。
呂望原是操刀割肉的屠夫，
遇到了文王，終於被提拔。
寧戚叩著牛角唱歌，
齊桓公聽到了，用他當輔佐。
要趁著年紀還沒有老大，
趁著時光還沒有過盡。
怕的是鵜鴂發出了哀鳴聲，
使得百草消失了芬芳。」

【註釋】

① 吉占：所占卜的事吉利可行叫吉占。
② 巫咸：古代有名的神巫。
③ 懷：藏在懷裡。椒：椒，香草；糈（ㄒㄩˇ）：精米。椒、糈用來迎神、享神。要：邀，迎接的意

思。

④翳（ㄧˋ）：遮蔽，是說人眾之多，遮蔽了天日。備：全部的意思；備降，全都降臨。

⑤九疑：指九疑山諸神。繽：繽紛，眾多的樣子。

⑥皇：同煌，光明的樣子；剡剡（ㄧㄢˇ）：光輝閃閃的樣子。揚靈：顯現威靈。

⑦陞降上下：即上天下地，努力追尋的意思。陞，即升。

⑧榘矱（ㄐㄩˇ ㄏㄨㄛˋ）：規矩法度的意思。整句是說，尋求與自己遵守同樣法度的人，即尋找同心同德之人的意思。

⑨嚴：即儼，敬的意思。求合：尋求志同道合的人。

⑩摯：即伊尹，湯時賢相。咎繇（ㄍㄠ ㄧㄠˊ）：即皋陶，禹時賢臣。調（ㄊㄧㄠˊ）：和諧的意思。

⑪說（ㄩㄝˋ）：指傅說，殷王武丁之賢相。操，持、拿；築，築牆所用之版。傅巖：地名。

⑫相傳傅說原是奴隸，正做苦工築牆時被武丁看到，武丁重用他，殷朝因此中興。

⑬鼓刀：動刀子。相傳姜太公原為屠夫，所以說他「鼓刀」。呂望：即姜太公。

⑭寧戚：齊桓公的賢臣。謳（ㄡ）歌：唱歌的意思。

⑮寧戚原是商人，相傳齊桓公聽到他敲著牛角唱歌，於是開始重用他。該：備；該輔，以備輔佐的意思。

⑯未央：未盡。

⑰鵜鴂（ㄊㄧˊ ㄐㄩㄝˊ）：鳥名，啼聲哀切。

⑱鶗鴂開始叫，春天就要過去，百草就要喪失了芬芳，所以說「使夫百草為之不芳」。

【賞析】

以上第二小節。屈原對靈氛的話還是有點猶疑不決，所以又請巫咸替他占卜吉凶。巫咸請來眾神，也告訴屈原要努力的去尋求。又舉出歷史上明君良臣相遇的例子勉勵屈原，要他趁著年紀還不大，趕快到遠地去找尋機會。

【原詩】

何瓊佩之偃yǎn蹇jiǎn兮，①
眾薆然而蔽之。②
惟此黨人之不諒兮，
恐嫉妒而折之。③
時繽紛其變易兮，④
又何可以淹留？

【語譯】

為何那瓊佩繽紛，
眾人卻要把他遮蔽得不明。
這些小人毫無誠信，
恐怕要心生嫉妒，將他摧折。
這時代紛亂多變啊，
又怎麼可以久留？

蘭芷變而不芳兮，
荃蕙化而為茅。⑤
何昔日之芳草兮，
今直為此蕭艾也？⑥
豈其有他故兮，
莫好修之害也！
余既以蘭為可恃兮，
羌無實而容長。⑦
委厥美以從俗兮，
苟得列乎眾芳。⑧
椒專佞以慢慆（tāo）兮，⑨
榝（shā）又欲充夫佩幃。⑩
既干進而務入兮，⑪
又何芳之能祗（zhī）？⑫
固時俗之流從兮，
又孰能無變化？
覽椒蘭其若茲兮，

蘭、芷變得不芬芳，
荃、蕙變成惡草，
為何昔日的芳草啊，
如今竟都成一片賤草？
難道有其他緣故嗎？
都是不愛修飾的禍害。
我本以為蘭是可靠的，
卻原來無實質，只是徒具外表的美。
委棄他的美質來順從流俗，
只不過苟且地列於眾芳之中。
椒草專橫奸佞，又傲慢自大，
榝草竟想把自己填滿香囊。
既然鑽營求進，一心往上爬，
又怎能發揚本有的芬芳。
本來時俗就只會隨波逐流，
誰又能夠沒有變化？
看椒、蘭都是這個樣子，

又況揭車與江離！⑬
惟茲佩之可貴兮，
委厥美而歷茲。⑭
芳菲菲其難虧兮，⑮
芬至今猶未沫ㄇㄟˋ mèi。⑯
和調度以自娛兮，⑰
聊浮遊而求女。
及余飾之方壯兮，⑱
周流觀乎上下。

又何況揭車與江離！
只有這瓊佩真是值得寶愛，
卻遭人鄙棄而流浪到這裡。
芳香郁郁啊毫不減損，
芬芳到現在還未消失。
平靜下來吧，要自我寬慰，
四處漫遊吧，去尋求美女。
趁著服飾正漂亮美好，
我要上天下地去周遊、去尋求。

【註釋】

①瓊佩：以瓊玉為佩。偃蹇（ㄧㄢˇ ㄐㄧㄢˇ）：眾多的樣子。瓊佩眾多，比喻美德極盛。
②薆然：隱蔽不明的樣子。蔽：遮蔽。
③折：摧毀。之：指瓊佩（比喻有美德之君子）。
④繽紛：這裡有紛亂的意思。變易：指時代紛亂，事情變化極大。
⑤茅：惡草。

⑥直：竟然。蕭、艾：均賤草。

⑦羌：發語詞。無實：沒有實質、沒有內容的意思。容：容貌，外表；長，長大，引申為美好。容長，外表美好。

⑧苟：苟且。本句是說，蘭只是外表好看，沒有內容，不過一時苟且列在眾芳之中，現在就露出真面目來了。

⑨專佞：專橫奸佞。慢慆（ㄊㄠ）；傲慢自大。

⑩榝（ㄕㄚ）：草名，似椒。幃：香囊，因其佩帶在身上，所以說佩幃。

⑪干：求；干進，求進，即想往上爬的意思。務入：極力想進身君側，即鑽營求進的意思。

⑫祗（ㄓ）：振。整句是說，蘭、椒、榝都干進務入，又怎能自振（發揚）其芬芳。

⑬揭車、江離：都是香草。

⑭委厥美：是說別人忽視了它的美質，委棄之而不用。歷茲：到這裡來。指自己被疏遠，到處漂蕩。

⑮芳菲菲：芳香瀰漫的樣子。虧：虧損、減少。

⑯沬（ㄇㄟˋ）：已，止；未沬，是說香氣尚未消失。

⑰和調度：把心情平靜下來的意思。自娛：自求歡娛，自我慰藉的意思。

⑱飾：服飾，比喻美德。方：正；壯，盛。方壯，正盛。

【賞析】

以上第三小節，在靈氛與巫咸的勸說之後，屈原也開始考慮自己的處境。他發現，現在的楚國是個紛亂多變的時代，一切價值標準都掌握不住。連昔日的芳草（比喻君子），如蘭、芷、荃、蕙、椒、樧等，如今也都變成惡草、賤草，只有瓊佩（比喻他自己）還能堅持自己的原則。在這樣的情況下，他還有什麼好留戀的呢？所以他決定聽從靈氛及巫咸的勸告，「及余飾之方壯兮，周流觀乎上下」，他現在決定到遠處去「求女」（尋找美女）了。也就是說，他要離開楚國，到遠地去尋求能夠重用他，與他志同道合的君主。

【原詩】

靈氛既告余以吉占兮，
歷吉日乎吾將行。①
折瓊枝以為羞兮，②
精瓊爢（ㄇㄧˊ mí）以為粻（ㄓㄤˇ zhǎng）。③

【語譯】

靈氛既告訴我說吉利可行，
選擇了好日子，我就要離去。
折下瓊枝來作為菜肴，
又把瓊玉碾成細屑當食物。

為余駕飛龍兮，
雜瑤象以為車。④
何離心之可同兮？⑤
吾將遠逝以自疏。
邅ㄓㄢ zhān 吾道夫崑崙兮，⑥
路修遠以周流。
揚雲霓之晻ㄧㄢˇ yǎn 藹兮，⑦
鳴玉鸞之啾啾。⑧
朝發軔於天津兮，⑨
夕余至乎西極。
鳳皇翼其承旂ㄑㄧˊ qí 兮，⑩
高翺翔之翼翼。⑪
忽吾行此流沙兮，
遵赤水而容與。⑫
麾ㄏㄨㄟ huī 蛟龍使梁津兮，⑬
詔西皇使涉予。⑭
路修遠以多艱兮，

替我駕上飛龍啊，
把美玉和象牙裝飾著我的車子。
志不同、道不合又怎能相處呢？
我要遠遠地離群而索居。
向著崑崙山前進吧，
路途遙遠啊我要沿路漫遊。
雲霓的旗子飄飄揚揚，
鸞鈴的鳴響叮叮噹噹。
早上我從天河出發，
傍晚到達西方的盡頭。
鳳皇小心地揚舉著旗子，
高高地飛翔啊兩翼翩翩。
我忽然到達了這流沙之地，
順著赤水我逍遙、徜徉。
指揮著蛟龍搭成橋梁，
又命西皇把我渡過去。
路途遙遠又艱險，

騰眾車使徑待。⑮
路不周以左轉兮，⑯
指西海以為期。⑰
屯余車其千乘兮，
齊玉軑（dài）而並馳。⑱
駕八龍之婉婉兮，⑲
載雲旗之委（wēi）蛇（yí）。⑳
抑志而弭節兮，㉑
神高馳之邈邈。㉒
奏〈九歌〉而舞〈韶〉兮，㉓
聊假（jiǎ）日以媮樂。㉔
陟（zhì）陞皇之赫戲兮，㉕
忽臨睨（nì）夫舊鄉。㉖
僕夫悲余馬懷兮，㉗
蜷（quán）局顧而不行。㉘

我命眾車在兩旁奔馳、保護。
經過不周山再往左轉，
就把那西海當作目的地。
聚集成千成百的馬車啊，
車軸靠著車軸，並駕齊驅。
那駕車的八龍婉婉地飛動著，
那車上的雲旗長長地飄揚。
控制住情緒，我讓馬車緩慢下來，
心神卻飛馳得渺渺茫茫。
奏著〈九歌〉、舞著〈韶〉樂。
聊且度日、聊且娛樂。
登上那高天啊一片的明亮，
忽然啊望見了故鄉。
車夫悲泣啊馬也悲傷，
猶豫徘徊啊我頻頻回頭遠望。

【註釋】

①歷吉日：選擇好日子。

②瓊枝：瓊樹之枝。羞：食物之美味者。

③精：壓碎、碾碎。瓊：玉之一種；靡（ㄇㄧˊ），即糜，細屑。粻（ㄓㄤˋ）：糧食。整句是說，把瓊玉碾成細屑來作糧食。

④瑤：玉之一種；象，象牙。是說，以瑤玉和象牙來裝飾馬車。

⑤離心：即志不同、道不合的意思。

⑥邅（ㄓㄢ）：轉，轉向那個方向行進的意思。崙崑：傳說中的仙山。

⑦雲霓：以雲霓為旗。晻（ㄧㄢˇ）藹：旌旗蔽日的樣子。

⑧鸞：鸞鈴，繫在馬身上的鈴；以玉裝飾，所以說玉鸞。啾啾：形容鈴聲。

⑨發軔：出發，動身。天津：即天河。

⑩翼：敬，是說恭敬謹慎的樣子。旂（ㄑㄧˊ）：上面畫著龍形的旗子；承旂，舉著旗子意思。

⑪翼翼：鳥飛緩慢而有節奏的樣子。

⑫遵：順著。赤水：神話中的江水。容與：舒徐安詳的樣子，有逍遙、徜徉的意思。

⑬麾（ㄏㄨㄟ）：指揮。梁：橋梁；津，渡口。整句是說，叫蛟龍橫在水上作為橋梁。

⑭詔：命令。西皇：古帝王少皞氏。涉：渡。

⑮騰：奔馳。徑待：即徑侍，徑相侍衛。整句是說，叫其他馬車在我的兩旁奔馳，以保護我。
⑯路，經過；不周，不周山，神話中的山名。
⑰期：目的地。整句是說，以西海為目的地。
⑱軑（ㄉㄞˋ）：車軸；以玉飾車軸，所以說玉軑。整句是說，所有的馬車都並駕齊驅。
⑲婉婉，龍飛動的樣子。
⑳載雲旗：插著雲旗；以雲為旗，所以說雲旗。委蛇（ㄨㄟ　ㄧˊ）：形容旗子飄動那種長長的樣子。
㉑抑志：壓抑自己的心志，即控制自己的情緒的意思。弭節：使馬車慢下來，緩緩而行。
㉒邈邈：遼遠的樣子。整句是說，車子雖然緩慢下來，但心神卻好像仍在飛馳。
㉓九歌、韶：均古代樂曲名。
㉔假（ㄐㄧㄚˇ）：借；假日，即聊以度日的意思。媮（ㄩˊ）：也是樂的意思；媮樂，即娛樂之意。
㉕陟（ㄓˋ）：登；陞：升；皇：皇天，這裡形容極高之地。陟陞皇，登上極高之地的意思。赫戲：光明的樣子。整句是說，登上高地，眼睛一亮的意思。
㉖忽：突然。臨：居高而視下；睨（ㄋㄧˋ）：睨視。臨睨，即望到、看到的意思。舊鄉：故鄉。
㉗僕夫：指車夫。懷：悲傷的意思。此句讀作：僕夫悲、余馬懷兮。
㉘蜷（ㄑㄩㄢˊ）局：詰屈不伸的樣子，這裡形容徘徊不進，退縮不前的樣子。顧：回頭看。

【賞析】

以上第四小節，寫屈原動身，開始往遠處去尋求。長長的一整節，都是寫沿途的行程。我們以為他真的要離開楚國而去了，哪曉得到了最後，筆鋒突然一轉，忽然寫自己登上高處望見了故鄉，然後整節就剎然停住。這最後四句真是滿懷悲愁，讓人回味無窮。要體會這四句的好處，我們應該重新的回想一下整個第三大節。在這一大節裡，先是靈氛勸屈原遠去他國，再是巫咸也勸屈原應該如此做，然後，他又努力說服自己，楚國確實無可再留戀了，應該趕快離去，然後，他才開始動身。我們可以看得出來，整個第三大節，完全是屈原考慮要不要離開楚國的猶疑不決的過程。最後，他終於下定決心，也駕車出發了，我們也以為這下他該決然遠去了。然而不然，到了最後一刻，當他一望見故鄉，所有的決心完全崩潰，所有內心的堤防完全守不住。然後，文章到此結束。雖然底下沒有繼續寫下去，但我們已知道屈原的命運。他是太愛自己的祖國，太眷戀自己的君王了。他根本不可能離他們而去，他注定要為他們悲傷、為他們痛苦，最後，還為他們而死。

【原詩】

亂曰：①
已矣哉！②
國無人莫我知兮，③
又何懷乎故都！
既莫足為美政兮，
吾將從彭咸之所居！④

【語譯】

尾聲：
算了吧！
國家沒有賢人，所以沒人能夠了解我啊，
我又何必眷戀故鄉。
既不能夠推行那美政啊，
我要奔向彭咸所居住的地方。

【註釋】

① 亂：歌辭的尾聲叫亂。
② 已：止；已矣哉，即算了吧的意思。
③ 莫我知：莫知我，不了解我。
④ 彭咸：殷代賢臣，因殷王不聽勸諫而投水自殺。整句含有要跟彭咸一樣投水而死的意思。

【賞析】

這是整篇〈離騷〉的尾聲，非常的短，但卻非常的好。前面那麼一大堆牢騷，一大堆痛苦，說也說不盡，訴也訴不完，同時也說得夠多了，訴得夠長了。千言萬語，還有什麼好說的呢？這短短的四句，就是那千言萬語。不必再說了，就這麼停止吧。這個尾聲，就像第三大節的最後四句一樣，確是餘音裊裊，令人回味不已。

三、放逐者的悲歌

屈原的作品，除了〈離騷〉之外，最重要的就是〈九章〉。〈九章〉共包含九個篇章，其篇名如下：

〈惜誦〉

〈涉江〉

〈哀郢〉

〈抽思〉

〈懷沙〉

〈思美人〉

〈惜往日〉

〈橘頌〉
〈悲回風〉

這九篇各自獨立，彼此並無關係，是漢朝人把這些篇章搜集在一起，而取了〈九章〉這個總名稱的。

根據漢朝人的說法，這九篇都是屈原放逐到江南以後寫的。但後來有人認為，其中少數篇章是流放江南以前的作品。又有一些人，甚至懷疑某些篇可能不是屈原所作的。這些專門性的討論我們可以不管。從純粹欣賞的角度來看，〈九章〉並不一定篇篇精采，有的我們可以不讀。因為如此，再加上本書篇幅有限，所以底下我們只選錄其中三篇來講述。

我們所選的三篇是：〈涉江〉、〈哀郢〉、〈懷沙〉。所以選擇這三篇的理由是這樣的；首先，這三篇公認是屈原的作品，而且公認是屈原流放江南以後的作品；其次，這三篇也公認是〈九章〉裡寫得最好的、最有名的幾篇。這裡面所表現的感情，不是比〈離騷〉更哀傷，就是比〈離騷〉更激烈。我們可以感覺出來，這是屈原在放逐的末期所寫的。從這裡，我們可以體會出屈原當時的心境。同時，在其中兩篇裡〈哀郢〉、〈涉江〉，屈原對他流放江南的路程也有詳細的描寫，要了解屈原的生平事跡，這也是一定要讀的作品。

（一）〈哀郢〉

【原詩】

皇天之不純命兮，①
何百姓之震愆（ㄑㄧㄢ qiān）？②
民離散而相失兮，③
方仲春而東遷。④
去故鄉而就遠兮，
遵江夏以流亡。
出國門而軫（ㄓㄣˇ zhěn）懷兮，⑤
甲之朝吾以行。⑥
發郢都而去閭（ㄌㄩˊ lú）兮，⑦
荒忽其焉極？⑧
楫齊揚以容與兮，⑨
哀見君而不再得。

【語譯】

上天的心意真是不能猜測啊，
為何讓百姓生活在恐懼和罪過中？
與親朋故友離散相失，
正是仲春二月，我流放到東方。
離開故鄉到遠方去，
我順著長江、夏水而流亡。
走出都門，心裡一陣悲痛，
就在甲日的早晨我動身遠行。
從郢都出發，離開了故里，
心中恍恍惚惚，不知要到哪裡去？
船槳一起划動，船慢慢地往前走，
可哀啊，從此要見君王再也沒有機會。

望長楸(qiū)而太息兮，⑩
涕淫淫(yín)其若霰(xiàn)。⑪
過夏首而西浮兮，⑫
顧龍門而不見。⑬
心嬋媛而傷懷兮，⑭
眇不知其所蹠(zhí)？⑮
順風波以從流兮，
焉洋洋而為客。⑯
淩陽侯之氾濫兮，⑰
忽翱翔之焉薄？⑱
心絓結而不解兮，⑲
思蹇(jiǎn)產而不釋。⑳
將運舟而下浮兮，
上洞庭而下江。
去終古之所居兮，㉑
今逍遙而來東。㉒
羌靈魂之欲歸兮，

望著故里高大的梓樹長聲地歎息，
眼淚潸潸地流下，像那綿綿不斷的雪珠。
經過了夏水和長江的交會處，往西漂浮而去，
回頭望著國都的東門，卻再也看不見。
心裡眷戀不捨，只覺得難過，
渺渺茫茫，要走向何方？
順著風波，順著水流，
從此漂漂泊泊的變成了異鄉客。
乘著那起伏不已的大波濤，
漂漂浮浮的要漂向何處？
心裡一片鬱結，
那糾纏的思緒，更是不能化解。
駕著船往下漂流，
先到洞庭湖去，再順流下長江。
離開那世代相傳的故居，
現在漂蕩到了東方。
我的靈魂很想回去啊，

何須臾而忘反。
背夏浦而西思兮，㉓
哀故都之日遠。
登大墳以遠望兮，㉔
聊以舒吾憂心。
哀州土之平樂兮，㉕
悲江介之遺風。㉖
當陵陽之焉至兮，㉗
淼（ㄇㄧㄠˇ miǎo）南渡之焉如？㉘
曾不知夏之為丘兮？㉙
孰兩東門之可蕪？㉚
心不怡之長久兮，
憂與愁其相接。
惟郢路之遼遠兮，
江與夏之不可涉。
忽若去不信兮，㉛
至今九年而不復。㉜

何曾片刻忘了故鄉。
過了夏浦，懷念著那西邊的故鄉，
可哀啊，故鄉一日日地遙遠。
登上江邊的高堤遠望，
聊且舒散心裡的憂傷。
看到人家安樂的生活啊，令我心哀，
那江間異鄉的風俗啊，令我心悲。
到了陵陽又要到哪裡去？
渡過渺茫的江水，要到南方的何處去？
誰想得到高屋大廈竟變成一片廢墟？
誰又想得到郢都兩個東門會成為一片荒蕪？
心裡是長久地悶悶不樂，
憂愁之後接著還是憂愁。
那郢都之路是如此的遙遠啊，
長江、夏水又怎能渡過！
時間迅速得令人不敢相信，
到現在已經九年沒有回去了。

慘鬱鬱而不通兮，㉝
蹇侘（chà）傺（chì）而含慼。㉞
外承歡之汋（chuò）約兮，㉟
諶荏（rěn）弱而難持。㊱

忠湛湛（zhàn）而願進兮，㊲
妒被（pī）離而鄣之。㊳
堯舜之抗行兮，
瞭杳杳而薄天。㊴
眾讒人之嫉妒兮，
被以不慈之偽名。
憎慍（yùn）惀（lún）之脩美兮，㊵
好夫人之忼慨。㊶
眾踥（qiè）蹀（dié）而日進兮，㊷

慘慘鬱鬱啊，心情總是不開朗，
悵悵惘惘啊，懷著無限的悲戚。
那小人以外表的柔媚討君王歡心，
實在是軟弱啊，君王竟無法把持。
（形容小人像女子似的以媚態討楚王歡心，
楚王意志不堅，難以把持，竟相信他們。）
厚重忠貞的人都願意貢獻心力，
嫉妒的小人紛紛地加以蒙蔽。
堯舜那樣的德行，
高遠明白得直達上天。
那些讒人嫉妒啊，
竟給加上「不慈」的罪名。
君王竟討厭那實實在在的賢士，
卻喜歡那些人虛假的激昂慷慨。
（是說，楚王只喜歡小人的巧言，討厭君子的木
訥。）
他們一天天地接近君王，

美超遠而逾邁。㊸　　而美好的君子卻一天天地疏遠。

亂曰：　　尾聲：

曼余目以流觀兮，㊹　　縱目四下眺望啊，

冀壹反之何時？　　希望能回去，卻不知道要等到何時？

鳥飛反故鄉兮，　　飛鳥總是回到故鄉啊，

狐死必首丘。㊺　　狐狸死了也一定把頭枕在山丘上。

信非吾罪而棄逐兮，　　實在不是我的罪過卻遭到放逐啊，

何日夜而忘之！　　何曾一日一夜忘了那故居！

【註釋】

① 皇天：皇天雖指上天，其實也暗喻楚王。純：正；不純命，不正命，即天命無常的意思。

② 何：為何。百姓：指屈原。震：震懼；愆（ㄑㄧㄢ）：罪過。

③ 民離散而相失：指屈原與家人分別，獨自到放逐地去。

④ 方：正當。仲春：春天第二個月，即二月。東遷：往東行，指屈原被流放，往東而行。

⑤ 國：都，指楚國京城郢都；國門，指郢都之門。軫（ㄓㄣˇ）：痛；軫懷，心痛之意。

⑥ 甲：甲日，古人以干支紀日，所以有甲日、乙日、丙日……等稱呼。

⑦閭（ㄌㄩˊ）：里門，引申為鄉里之意。

⑧荒忽：即恍惚，是說心情恍惚不定。焉：何；極：至；焉極，到哪裡去？

⑨楫：槳。齊揚：並舉；很多人划船，槳同時划動，這就是楫齊揚。容與：徐行貌。

⑩楸（ㄑㄧㄡ）：梓樹；長楸，高大的梓樹。這裡是說，望見故里的樹木。

⑪淫淫（ㄧㄣˊ）：流淚的樣子。霰（ㄒㄧㄢˋ）：雪珠。

⑫夏首：夏水從長江流出來，夏首即是指分流之處。西浮：船不划，自然地順水而行叫浮。西浮，是說船往西而去。

⑬顧：回頭看。龍門：郢都東門。

⑭嬋媛：眷戀不捨的樣子。

⑮眇：即渺，渺茫。蹠（ㄓˊ）：踏，即往的意思。

⑯焉：乃，於是。洋洋：漂泊無所歸的樣子。

⑰淩：乘。陽侯：水神，能興波作浪，所以這裡有波濤的意思。氾濫：指大波濤之起伏。

⑱忽：迅速。翺翔：形容在水中隨浪漂浮的樣子。焉：何；薄：止；焉薄，到何處去？

⑲絓：同掛；掛結，是說心有所牽掛，有所鬱結。不解：無法解開。

⑳蹇（ㄐㄧㄢˇ）産：思緒糾結的樣子。不釋：和不解同義。

㉑終古之所居：指故鄉郢都，因是祖先世世代代所居住，所以說「終古之所居」。

㉒逍遙：這裡有漂流的意思。

㉓夏浦：夏浦，漢水流入長江處，一般稱為夏口。背夏浦：過了夏浦繼續往東行，所以是背著夏浦而行。西思：屈原往東行，所以思念西邊的郢都。

㉔墳：堤；大墳，高堤。

㉕州土：指屈原所經之鄉邑。平樂：安樂。此句是說，看到人家生活安樂，自己卻孤身流放，所以可哀。

㉖江介：江間。遺風：指江南一帶遠古遺留下來的風俗。此句是說，長江一帶的風俗與郢都不同，舉目有異鄉之感，所以可悲。

㉗當：對著；陵陽：地名。當陵陽，對著陵陽，即到了陵陽的意思。焉至：何至，到哪裡去？整句是說，到了陵陽，我還要到哪裡去呢？

㉘淼（ㄇㄧㄠˇ）：渺茫無際。焉如：何往，到哪裡去？整句是說，渡過這渺茫的江水，我又要到哪裡去呢？

㉙曾：乃；曾不知，哪裡會想到，簡直想不到的意思。夏：即廈，高大的房子。丘：邱墟、廢墟。夏之為丘：是說高大的房子竟變成廢墟。

㉚兩東門：郢都有兩個東門。蕪：荒蕪。以上兩句是指楚頃襄王二十一年秦兵攻陷郢都之事。屈原在江南知道這個消息，所以這樣說。

㉛忽：迅速；忽若不信：是說時間快得不能令人相信。

㉜九年：是說自己放逐到江南已有九年。但九年並不一定實指九年，只是形容時間之長。不復：

沒有回去。

㉝不通：即無法開朗舒暢之意。

㉞蹇：發語詞，無義。侘傺（ㄔㄚˋ ㄔˋ）：失意的樣子。慼：同戚；含慼，含悲。

㉟汋（ㄔㄨㄛˊ）約：即綽約，美好的樣子，這裡形容小人以媚態討楚王歡心。

㊱諶：同誠，實在的意思。荏（ㄖㄣˇ）：也是弱的意思；荏弱，形容心志脆弱、不堅定。難持：難以把持。

㊲湛湛（ㄓㄢˋ）：忠直厚重的樣子。

㊳被（ㄆㄧ）：被離，眾多的樣子。妒被離，是說小人紛紛地嫉妒忠直之士。鄣：同障，是說蔽障了君子願進之路。

㊴瞭：明白；杳杳，遠貌。瞭杳杳，是說高遠、明白的樣子。薄：迫；薄天，迫天、近天。整句是說，堯舜之偉行高遠、明白地直達上天。

㊵慍惀（ㄩㄣˋ ㄌㄨㄣˊ）：形容有善心不會表達的樣子。修：也是美的意思。

㊶夫：指示詞，那；夫人，那些人，指小人。忼慨：慷慨，是說小人會說話，說得慷慨激昂。

㊷眾：指小人。踥蹀（ㄑㄧㄝˋ ㄉㄧㄝˊ）：行貌，指小人奔走日進。

㊸美：指君子。超：也是遠的意思。逾邁，愈來愈遠，指君子日漸疏遠。

㊹曼：長；曼余目，是說展開我的眼睛來四望。流觀：即四下眺望的意思。

㊺首丘：把頭枕在山丘上。

【賞析】

楚頃襄王二十一年，秦兵攻陷楚國的郢都，又燒毀楚國先王的墳墓。屈原這時流放到江南已經好幾年了，聽到了郢都殘破的消息以後，非常的傷感，於是寫下這篇〈哀郢〉。一方面哀悼郢都，一方面又回憶起自己的放逐，為自己的無法再回故都而哀傷。這雙重的悲哀，使〈哀郢〉特別瀰漫了一股哀愁的氣氛，全篇的聲調顯得非常的憂傷而感人。我們看，全篇充滿了這樣的句子：

荒忽其焉極？
眇不知其所蹠？
從翺翔之焉薄？
淼南渡之焉如？

真有一種天地茫茫，此身無所歸屬的黯然神傷。

從結構上來說，本篇第一段回憶自己剛流放時初出國門的心情。第二段寫自己到了江

南地區，在長江沿岸漂泊的心境。第三段則因為聽到郢都殘破的消息，更加勾引起自己思鄉的情緒。第四段不覺又痛罵起奸邪的得勢，尾聲則又重複地訴說自己無法忘懷故都。從遣詞造句上說，本篇名句絡繹不絕，如：

羌靈魂之欲歸兮，何須臾而忘反。
哀州土之平樂兮，悲江介之遺風。
心不怡之長久兮，憂與愁其相接。
信非吾罪而棄逐兮，何日夜而忘之。

這樣的句子，千百年後一讀之下還能油然感人，無怪本篇會成為〈九章〉中有數的名篇。

除了文學上的成就外，本篇還有一項重要之處，那就是，在本篇裡屈原對自己流放江南的路程有詳細的紀錄。他出了郢都之後，順著夏水而行。到了夏首（夏水從長江分流處），開始進入長江。然後，順著長江東下，經過夏浦，上洞庭湖，再到陵陽（在安徽省）。〈哀郢〉可能就在陵陽寫的。所以，從研究屈原生平的觀點來說，〈哀郢〉也是非常重要的一篇。

（二）涉江

【原詩】

余幼好此奇服兮，①
年既老而不衰。②
帶長鋏jiá之陸離兮，③
冠切雲之崔cuī嵬wéi。④
被明月兮珮寶璐。⑤
世溷濁而莫余知兮，⑥
吾方高馳而不顧。
駕青虬qiú兮驂白螭chī，⑦
吾與重華遊兮瑤之圃。⑧
登崑崙兮食玉英，⑨
與天地兮並壽，
與日月兮齊光。

【語譯】

我自幼就喜愛這特異的服飾，
年紀老大了，心意卻始終如一。
帶著長長的寶劍，
戴著高高的、頂天的帽子。
掛著明月珠，佩著寶玉；
人世間是如此的混濁，沒有人了解我，
我要飛翔到高天，一眼也不回顧。
駕著青龍和白龍。
我要與重華（舜）遨遊那瑤圃。
登上崑崙山，吃下那玉英；
我要與天地啊並壽無疆，
與日月啊齊放光芒。

哀南夷之莫吾知兮，⑩
旦余濟乎江湘。
乘鄂渚（zhǔ）而反顧兮，⑪
欸（ǎi）秋冬之緒風。⑫
步余馬兮山皋（gāo），⑬
邸（dǐ）余車兮方林⑭。
乘舲（líng）船余上沅兮，⑮
齊吳榜（bǎng）以擊汰（dài）。⑯
船容與而不進兮，
淹回水而疑滯。⑰
朝發枉渚兮，
夕宿辰陽。
苟余心其端直兮，
雖僻遠之何傷？
入漵浦余儃（chán）佪（huí）兮，⑱
迷不知吾所如？
深林杳以冥冥兮，

可哀啊，在這江南之地沒有人了解我，
清晨我要渡過長江和湘水。
登上鄂渚回頭望啊，
那秋冬的餘風令人傷歎。
我的馬行走在山澤邊，
我的車子到達了方林。
乘著舲船，我逆著沅水往上走，
船夫一齊舉槳，打著水波。
船搖搖晃晃的，逗留不進，
停在漩渦中，久久沒有往前移動。
早上從枉渚出發，
晚上住在辰陽。
如果我心是正直的啊，
到這僻遠的地方又有什麼可以哀傷？
到了漵浦我徘徊遲疑，
迷迷茫茫，不知道往哪邊去？
那茂密的樹林幽幽暗暗啊，

猨狖（yòu）之所居。⑲
山峻高以蔽日兮，
下幽晦以多雨。
霰雪紛其無垠兮，⑳
雲霏霏而承宇。㉑
哀吾生之無樂兮，
幽獨處乎山中。
吾不能變心而從俗兮，
固將愁苦而終窮。
接輿髡（kūn）首兮，㉒
桑扈臝行。㉓
忠不必用兮，
賢不必以。㉔
伍子逢殃兮，㉕
比干菹（jū）醢（hǎi）。㉖
與前世而皆然兮，
吾又何怨乎今之人！

是猿狖的居處。
那高峻的山遮蔽了太陽啊，
山中又晦暗多雨。
那霰雪紛紛地下降，無邊無際啊，
綿綿的雲瀰漫了整個天空。
可哀啊，我這一生沒有什麼歡樂，
孤孤獨獨地處在這深山之中。
我不能改變心意隨波逐流啊，
本來就應該永遠愁苦，永遠困窘。
接輿自己行剃髮之刑，
桑扈裸體而走。
忠臣不一定被用啊，
賢人不一定被看重。
伍子胥遭遇到災殃，
比干被剁成了肉醬。
現在和以前都是這個樣子啊，
我又何必怨恨現在這些人。

余將董道而不豫兮，㉗
固將重昏而終身！㉘
亂曰：
鸞鳥鳳皇㉙，
日以遠兮。
燕雀烏鵲，
巢堂壇兮㉚。
露申辛夷，
死林薄兮㉛。
腥臊並御㉜，
芳不得薄㉝兮。
陰陽易位，
時不當兮㉞。
懷信侘（chà）傺（chì）㉟，
忽乎吾將行兮！

我要行正道而行毫不猶豫啊，
我本來就該永遠在不幸中過掉這一生。
尾聲：
鸞鳥、鳳皇，
日漸遠離。
燕、雀、烏鵲，
築巢在廳堂。
露申、辛夷，
死在叢林，
腥臊臭味一起進用，
芳香啊，卻不能接近君王。
陰陽顛倒，
天時不當，
懷抱忠信，坎坷失意，
我要迅速地到那遠方去了啊！

【註釋】

①奇服：與眾不同的衣服，比喻自己的志節與他人特異。

②不衰：不衰懈，始終如一。

③長鋏（ㄐㄧㄚˊ）：長劍。陸離：長的樣子。

④切雲：摩雲的意思，形容所戴之冠極高，高到可以切雲、摩雲。崔嵬（ㄘㄨㄟ ㄨㄟˊ）：很高的樣子。

⑤被：披。明月：明月珠。珮：同佩，佩帶；璐：美玉。

⑥溷濁：即混濁。莫余知：莫知余，不了解我。

⑦虬（ㄑㄧㄡˊ）：龍類；螭（ㄔ）：也是龍類。驂：古時一車四馬，旁邊的兩馬叫驂；驂白螭，以白螭為驂。

⑧重華：即舜。瑤：美玉；圃，花園；瑤圃，即美麗的花園，這裡是指神仙所居之花園。

⑨崑崙：傳說中的仙山。英：花；花極美，所以說玉英。玉英和前面的瑤圃都是指仙人的美物。

⑩南夷：屈原所放逐的江南之地，文化比江北的楚人低，所以說南夷。其實也暗喻楚國的小人如南夷一般，不了解他。

⑪乘：登。鄂渚（ㄓㄨˇ）：地名，在湖北武昌。

⑫欸（ㄞˇ）：感歎。緒風：餘風。秋冬已過，春天方到，風猶寒冷，所以說是秋冬的餘風。

⑬皋（ㄍㄠ）：水邊；山皋，即山澤之意。
⑭邸（ㄉㄧˇ）：抵達。方林：地名。
⑮舲（ㄌㄧㄥˊ）船：有窗的小船。上：逆水而流；沅，沅水。上沅，往沅水上游行去。
⑯榜（ㄅㄤˇ）：槳；吳國所造，所以說吳榜。齊吳榜：是說大家一齊舉槳划水。汰（ㄉㄞˋ），水波。
⑰淹：久留。回水：漩渦。疑滯：凝滯，停滯不進。滯，音ㄓˋ。
⑱溆浦：溆水之濱。儃佪（ㄔㄢˊ ㄏㄨㄟˊ）：徘徊。
⑲狖：即猿；狖（ㄧㄡˋ），猿之一種。
⑳霰：雪珠。紛：指霰雪之多。無垠：無盡，是說雪下得大，一望無際。
㉑霏霏：形容雲之眾多。承：接，引申為瀰漫；宇：天空。承宇：是說雲瀰漫了整個天空。
㉒接輿：楚國隱士。髡（ㄎㄨㄣ）首：剃髮，古代的一種刑法，相傳接輿曾自己髡首。
㉓桑扈：古代的隱士。臝：同裸；臝行，裸體而行。
㉔以：也是用的意思。
㉕伍子：伍子胥，因忠諫而被吳王夫差賜劍自殺。逢殃：遭逢災禍。
㉖比干：紂王時的忠臣。菹醢（ㄐㄩ ㄏㄞˇ）：醃菜叫菹，肉醬叫醢；菹醢，把人剁成肉醬。根據其他傳說，比干是被剖心的。
㉗董道：正道，是說要正道而行。不豫：不猶豫。
㉘重：重複；昏，昏暗；重昏，是說自己會永遠處在不幸與困窮中。

㉙ 鸞鳥、鳳皇：都是祥瑞之鳥，這裡比喻賢士。

㉚ 燕、雀、烏鵲：都是凡鳥，比喻小人。堂：廳堂；壇，中庭。燕、雀等在堂壇築巢，比喻小人占滿朝廷。

㉛ 露申、辛夷：都是香草，比喻賢士。林薄：即叢林。香草死在叢林中，比喻賢士不得志，被放逐在草野。

㉜ 腥臊：惡臭之物，比喻小人。御：進；並御，並進，指小人得志。

㉝ 芳：指露申、辛夷等香草，即賢士們。薄：迫、近。

㉞ 陰陽失位：晝夜顛倒的意思，比喻小人在朝廷，君子在草野中。時不當：是說晝夜反常，天時不當。比喻生不逢時。

㉟ 侘傺（ㄔㄚˋ ㄔˋ）：失意的樣子。

【賞析】

〈涉江〉是〈哀郢〉的姊妹篇。在〈哀郢〉裡，屈原敘述自己從郢都出發以後，順夏水南下，再順長江東行到陵陽的經過。〈涉江〉則接著〈哀郢〉而寫，描述了屈原渡過長江以後的情形。大概屈原從陵陽順著長江回頭往西走到鄂渚（在武昌附近），再從鄂渚渡過長江與洞庭湖，然後逆水而到辰陽與漵浦。可以說，〈涉江〉所寫的，是屈原渡過長江到湖南境內的經過。

從文學的角度來看，〈涉江〉寫得甚至比〈哀郢〉還要好。在〈涉江〉第一段，屈原描述自己孤傲的性格，「帶長鋏之陸離兮，冠切雲之崔嵬」，絕不肯跟世俗妥協，充滿了遺世而獨立的精神。這一段句子長短不齊，極有變化，顯得非常有力，充分表現屈原的自信。但到了第二、三段，當寫到自己的渡江南下時，語氣開始轉成哀傷，尤其到了第三段的後半，完全是一片感傷之情：

山峻高以蔽日兮，下幽晦以多雨。
霰雪紛其無垠兮，雲霏霏而承宇。
哀吾生之無樂兮，幽獨處乎山中。
吾不能變心而從俗兮，固將愁苦而終窮。

以幽暗的天氣來襯托自己的心境，然後再直截地訴說自己的坎坷，實在是無比的動人。接下去第四段，詩人雖然以賢人自古不遇來自我安慰，然而，到了尾聲，文句轉成四字一句的短句，音節變得非常急促，仍然可以體會出屈原心中的那一股不平之氣。

所以，可以看出，本篇的聲調極富變化。先是第一段以長短不齊的文句來表達孤高兀傲之氣，然後轉成二、三兩段的憂傷。第四段漸趨平穩，但忽然又轉變為尾聲的急迫與不平。本篇篇幅在〈九章〉裡算是較短的，但文氣卻如此富於變化，無怪要成為〈九章〉中的名篇。

（三）懷沙

【原詩】

滔滔孟夏兮，①
草木莽莽。②
傷懷永哀兮，
汩（ㄩˋ yù）徂（ㄘㄨˊ cú）南土。③
眴（ㄒㄩㄣˋ xùn）兮杳杳（ㄧㄠˇ yǎo），④
孔靜幽默。⑤
鬱結紆（ㄩ yū）軫（ㄓㄣˇ zhěn）兮，⑥
離愍（ㄇㄧㄣˇ mǐn）而長鞠（ㄐㄩˊ jú）。⑦
撫情效志兮，⑧
冤屈而自抑。
刓（ㄨㄢˊ wán）方以為圜兮，⑨
常度未替！⑩
易初本迪兮，⑪

【語譯】

四月炎炎的夏日，
草木茂茂密密。
心中懷著幽傷哀痛，
我走向南方的國度。
眩人的陽光滿天地，
是這麼幽悄靜寂。
鬱鬱愁苦慘痛啊，
竟遭遇到長期的困窘。
反省自己的真情與心志，
實在是遭受了冤屈，壓抑了痛苦。
如果要把方的削成圓的，
那法度還在，又怎麼可以！
改變原有的根本大道，

君子所鄙。
章畫志墨兮，⑫
前圖未改。
內厚質正兮，
大人所盛。
巧倕ㄔㄨㄟˊ chuí不斲ㄓㄨㄛˊ zhuó兮，⑬
孰察其撥正？⑭
玄文處幽兮，
矇ㄇㄥˊ méng瞍ㄙㄡˇ sǒu謂之不章；⑮
離婁微睇兮，⑯
瞽ㄍㄨˇ gǔ以為無明。⑰
變白以為黑兮，
倒上以為下。
鳳皇在笯ㄋㄨˊ nú兮，⑱
雞鶩ㄨˋ wù翔舞。⑲
同糅ㄖㄡˇ rǒu玉石兮，⑳
一槩而相量。㉑

是君子所要鄙棄的。
像那鮮明的圖樣和繩墨，
以前的抱負不可更改。
內心厚重，本質端正，
是君子所要稱讚。
巧匠倕他如果不動手，
誰知道他砍得正不正？
黑色紋彩放在幽暗中，
瞎子就說它不明亮。
眼力好的離婁細瞇著眼睛，
瞎子又要說他兩眼不明。
顛倒黑白啊，
上下也不分。
鳳皇關在籠子裡，
雞鴨卻亂跳亂舞。
玉石混雜在一起，
用同樣標準來衡量。

夫惟黨人鄙固兮，
羌（ㄑㄧㄤ qiāng）不知余之所臧。㉒
任重載盛兮，
陷滯而不濟。㉓
懷瑾握瑜兮，㉔
窮不知所示。
邑犬之群吠兮，㉕
吠所怪也。
非俊疑傑兮，㉖
固庸態也。
文質疏內（ㄋㄚˋ nà）兮，㉗
眾不知余之異采。
材朴委積兮，㉘
莫知余之所有。
重（ㄔㄨㄥˊ chóng）仁襲義兮，㉙
謹厚以為豐。
重華不可遻（ㄨˋ wù）兮，㉚

那些結黨小人鄙陋又頑固啊，
根本不知道我內心的蘊藏。
背得重，載得多，
我陷滯在途中。
懷藏著美玉，
卻無法讓人看到。
村裡的狗成群狂吠，
吠著那不常見的東西。
無才的人懷疑豪傑，
本來就是庸人的醜態。
外表疏闊，美質內藏，
沒有人知道我特異的光彩。
像那沒有用過的木材堆積著，
沒有人知道我所具有的內涵。
我積仁德、行仁義，
把謹慎厚重當作富足。
那重華（舜）再也見不到了，

孰知余之從容！㉛
古固有不並兮，㉜
豈知其何故？
湯禹久遠兮，
邈而不可慕。
懲違改忿兮，㉝
抑心而自強。
離慜而不遷兮，
願志之有像。㉞
進路北次兮，
日昧昧ㄇㄟˋ mèi其將暮。㉟
舒憂娛哀兮，
限之以大故。㊱
亂曰：
浩浩沅湘，
分流汩兮。㊲
修路幽蔽，

誰知道我的志節！
古來聖君、賢相就不並時而生，
誰知道是何緣故？
湯、禹都已久遠了，
遙遠得無法追慕。
壓抑心中的憤恨，
告訴自己要自制、要自強。
遭遇痛苦而不改變，
要效法那些古代的模範。
趕路到北面去休息吧，
夕陽昏暗，已是黃昏。
不要憂愁，不要哀傷，
要想著：人生總要死亡。
尾聲：
滔滔的沅水、湘水，
滾滾的各自流著。
漫漫的路幽幽暗暗，

道遠忽兮？㊳
懷質抱情，
獨無正兮。㊴
伯樂既沒，㊵
驥焉程兮？㊶
萬民之生，
各有所錯兮。㊷
定心廣志，
余何畏懼兮？
曾傷爰哀，㊸
永歎喟兮。
世溷濁莫吾知，
人心不可謂兮。㊹
知死不可讓，
願勿愛兮。
明告君子，
吾將以為類兮。㊺

迷迷濛濛的通向何方？
滿懷的美質與忠直之情，
卻沒有了解的人。
伯樂既已去世，
騏驥又怎有機會跟人較量？
世上千千萬萬的人，
各人有各人的命。
定下心，放寬胸懷，
我又何必畏懼？
重重的憂傷、重重的悲哀，
頻頻的長歎再長歎。
人世間混混濁濁都不了解我，
對那人心又能奈何。
死亡既是無法逃避，
又何必吝惜身軀。
我要告訴君子們，
我要給世人留下不朽的模範。

【註釋】

①滔滔：夏天陽光極盛的樣子。孟夏：夏天第一個月，即四月。

②莽莽：草木茂密的樣子。

③汩（ㄩˋ）：迅速的樣子。徂（ㄘㄨˊ）：往。南土：指江南之地。

④眴（ㄒㄩㄣˋ）：眩。杳杳（ㄧㄠˇ）：高遠的樣子。整句是說，陽光極大，只覺天遠而目眩。

⑤孔：甚，非常。默：靜默；幽默，即幽靜之意。

⑥紆（ㄩ）：心紆曲不快；軫（ㄓㄣˇ）：痛。紆軫：心鬱鬱而痛苦。

⑦離：同罹，遭遇；愍（ㄇㄧㄣˇ）：痛。離愍，遭遇痛苦之事。鞠（ㄐㄩˊ）：窮；長鞠，長期困窮而不得志。

⑧撫：撫按，引申有撫察的意思；效：校，察驗。撫情效志，是說，反省一下自己的情志。

⑨刓（ㄨㄢˊ）：削；圜：即圓。整句是說，把方的削成圓的。

⑩度：法；常度：常法，亦即法度之意。替：廢。

⑪易：變；初：原來；迪：道。整句是說，改變原有的根本之大道。

⑫章：明；畫：圖畫、圖案。章畫：是說像木匠畫得清清楚楚的圖案。志：記；墨：繩墨。志墨：是說像木匠畫下來的繩墨。

⑬倕（ㄔㄨㄟˊ）：古代的巧匠。斲（ㄓㄨㄛˊ）：斫，砍。

⑭撥：曲，不正。

⑮矇瞍（ㄇㄥˊ ㄙㄡˇ）：瞎子。不章：不明。

⑯離婁：古時之人，據說眼睛極好，百步以外能明察秋毫。微睇：瞇著眼睛看東西。

⑰瞽（ㄍㄨˇ）：也是瞎子。瞽是眼皮下垂的瞎子，矇瞍則是眼皮張開，有眼珠卻看不見的瞎子。

⑱笯（ㄋㄨˊ）：籠子。

⑲鶩（ㄨˋ）：野鴨。

⑳糅（ㄖㄡˋ）：雜。

㉑槩：用斗裝東西，用一根木桿在斗上一摩，把多餘的摩掉，剛好平平的一斗。那木桿叫槩。以上兩句是說，玉石混雜在一起用斗來量，不加分辨。

㉒羌（ㄑㄧㄤ）：發語詞。臧：同藏，蓄藏指內心之所有。

㉓濟：渡；不濟，事不成的意思。以上兩句是說，自己要行大道、辦大事，卻為小人所阻，無法辦成。

㉔瑾、瑜都是美玉，整句是說，自己藏著美玉。

㉕邑：鄉邑，鄉里；邑犬，鄉里裡的狗。以上兩句是說，鄉里的狗沒見識，看見他們不知道的東西、不認識的人就亂叫一通。

㉖非俊：沒有俊才的人。疑傑：懷疑傑出之士。

㉗文質疏內：即文疏質內。文：文彩，指外表；文疏，是說外表疏闊，即不注意外表。質：本質；內（ㄋㄚˋ）：同納，內藏。質內，是說美好的本質藏在裡面。

㉘朴：同樸；材朴，剛砍下來，還沒使用過的木材，比喻尚未發揮的才幹。委積：堆積。
㉙重（ㄔㄨㄥˊ）：累積。襲：服；襲義，即身服義理，按義理而行之意。
㉚重華：即舜。遻（ㄨˋ）：遇。
㉛從容：舉動，行為，指其志節。
㉜不並：指聖王和賢臣不同時而生，像屈原沒碰上舜的時代一樣。
㉝懲：止；違：同愇，恨。懲違，壓住心頭的恨。改忿：把忿恨之情改過來。
㉞志：心志；像：模範。整句是說，希望自己的心志能有一個模範可以效法，讓自己能夠「抑心而自強」、「離愍而不遷」。以前的人解釋作，希望自己的心志成為後世的模範，似乎不太好。
㉟昧昧（ㄇㄟˋ）：昏暗的樣子。
㊱大故：指死亡。整句是說，以死亡來限制自己，即以死亡來告訴自己說，人終歸要死，凡事不必看得太嚴重。以此來說服自己，使自己能「舒憂娛哀」。
㊲汩：水疾流的樣子。
㊳忽：不分明的樣子。以上兩句是指日暮，所以道路幽暗不明。
㊴正：平正，辨別；無正，沒有辨識我的美質與忠信的人。
㊵伯樂：古代最善於辨識良馬的人。沒：死。
㊶焉：何；程：較量。焉程：是說哪裡有機會跟人較量，根本人家就認不出他是良馬。
㊷錯：置。整句即人各有命的意思。

㊸ 曾：同增；增傷，即重重哀傷之意。爰哀：哀而不止。

㊹ 謂：說，勸說，說服。整句是說，對於世上的小人，我們是沒有辦法的。

㊺ 類：模範。整句是說，要給世人留個模範。

【賞析】

〈懷沙〉可能是〈九章〉中最有名的一篇，因為司馬遷在《史記．屈原列傳》裡說，屈原在寫了本篇之後，就「懷石」、「自投汨羅以死」。很多人因此認為〈懷沙〉是屈原的絕筆，而「懷沙」這個篇名，也就被解釋作「懷抱沙石，投江自殺」的意思。

不管這個看法對不對，從本文可以看得出來，屈原在本篇所表達的感情的確是要比其他地方激烈得多，譬如：

變白以為黑兮，
倒上以為下。
鳳皇在笯兮，
鷄鶩翔舞。

真是罵得痛快淋漓，一點也不保留。從文句上來說，本篇的句子也要比其他篇章來得短。那種短促峻急的語氣，很能夠配合文中所要表現的激烈的感情。從遣詞造句上來說，初讀之下，也許你會覺得這篇寫得太不含蓄、太直截了當了。然而，細讀之後，你就能體會一個人在絕望之餘，那種罵人不留餘地的痛苦的心情。譬如說，當你對這世界真是失望到極點，痛恨到極點，當你對人世的顛倒黑白、是非不分無法可想時，還有什麼比「變白以為黑」以下四句更能表達你的心情呢？

從氣氛上來說，本篇開始以盛夏的陽光與草木來襯托詩人心情的沉重與哀傷。然後漸漸地激動起來，終於破口一路罵下來。罵夠了，又慢慢平穩下來。最後，他的心境完全穩定了，當他說：

知死不可讓，
願勿愛兮。
明告君子，
吾將以為類兮。

我們已經可以體會到他那種以死殉道的堅定精神。說這一篇是絕命詞，是有相當道理的。

四、不朽的形象

不知道哪一年哪一月的哪一日，屈原跳下汨羅江，結束了坎坷的一生。屈原跳江自殺以後，根據傳說，屍體也沒有找到，不知漂流到何方，被哪一條魚吃掉了。屈原這個人，在這世界上，是完完全全地消失了。然而，歷史的矛盾是，當一個人永遠在世界上消失時，他卻慢慢地在人們心中生長起來。歷史的巨輪不斷地往前滾動，楚國，那屈原所熱愛的國家，不惜為她而犧牲性命的，果然因為君主的昏庸，在屈原死後不久，就被秦國滅亡了。而那秦國，屈原所痛恨的秦國，在統一天下十五年之後，竟也跟著滅亡了。然後，就是一個完全不同的朝代——漢朝。當漢朝出現在歷史舞臺上時，中國已經歷過幾百年的戰亂。現在，人民是極端厭倦了戰爭，而中國也就在這氣氛下，逐漸穩定下來，逐漸太平起來。這時，一切都平靜下來了，歷史以迥然不同於戰國風雲的面目出現在人們之前。這時，人們突然發現，竟然有屈原這個人活在無數人們的心中。戰爭毀滅了多少生命與財產，而屈原這個人，竟然在歷史上最紛亂的時期裡「活」了下來。

那時（西漢初期），流傳著許多屈原的作品，有真的，也有假的；那時，流傳著許多屈原的故事，有真有其事的，也有以訛傳訛的；那時，也有許多文人寫文章為屈原抱屈，為他不平，還有更多的人因自己的遭遇與屈原相似，而模仿屈原的文章為自己抱屈，為自己不平。屈原的形象建立起來了，屈原已成為不朽的歷史人物，已成為人類崇高精神的代表了。

屈原不朽的形象，屈原在當時人心目中的樣子，我們可以從下面兩篇文章（〈卜居〉、〈漁父〉）裡充分的體會出來。這兩篇文章，不知道是誰寫的，也不知道是什麼時候寫的。但可以想像得到，必定是在屈原的名聲已流傳開來，屈原已奠定他的歷史地位以後寫的。這是想像的作品，作者想像屈原被放逐以後、自殺以前的心境而寫的。雖然是想像的作品，卻能夠把屈原崇高的人品，內心的掙扎與不平，遭受挫折後的哀傷，以及雖然遭受挫折，但卻努力維持自我人格完整的心意，都十分生動地表現出來。假如說，我們讀屈原自己的作品，是看他獨自一人在那邊喃喃自語，而那喃喃自語表現他的憤慨與哀傷，表現他內心的凌亂與困擾，我們也跟著他茫然，跟著他無所適從。那麼，我們讀下面的〈卜居〉與〈漁父〉，則正如看一個技巧高超的畫家，根據屈原自己的喃喃自語，替他畫了兩幅生動而簡潔的畫像。這兩篇文章可以說是屈原人格的「結論」，可以當作我們讀過屈原的作品之後，一個總結式的「論斷」來讀。

這兩篇文章，以前的人認為是屈原寫的，但現在的人大概都不相信這個說法了。然而，根據前面所說的，這兩篇文章必須和屈原的作品配合起來讀。雖然不是屈原自己的作品，卻還是屈原忠實的畫像。如前面所說的，這是「結論」式的畫像，所以我們放在屈原作品之後，讓大家可以對屈原的人格作最後的鳥瞰。

這兩篇文章，文字並不難懂，篇幅也不長，所以底下先採取文言、白話對照的方式，註解則附在最後面，這樣讀起來比較有完整感。

(一)卜居

【原詩】

屈原既放,
三年不得復見。
竭知盡忠,而蔽鄣於讒。①
心煩慮亂,不知所從。
往見太卜鄭詹尹,曰:「②
余有所疑,
願因先生決之。」
詹尹乃端策拂龜,曰:「③
君將何以教之?」
屈原曰:「
吾寧悃(ㄎㄨㄣˇ kǔn)款款,④
朴以忠乎?⑤

【語譯】

屈原放逐以後,
三年了,沒能夠再見君王。
他竭盡心智,盡忠為國,卻被讒人阻攔。
心煩慮亂,不知何所適從。
去見太卜鄭詹尹說:「
我有疑問,
想請先生做個決斷。」
詹尹便把蓍草擺好、龜甲擦乾淨,說:「
您有何指教?」
屈原說:「
我寧可誠誠懇懇,
樸實忠直呢?

將送往勞來，⑥
斯無窮乎？⑦
寧誅鋤草茅，⑧
以力耕乎？
將遊大人，⑨
以成名乎？
寧正言不諱，
以危身乎？
將從俗富貴，
以偷生乎？
寧超然遠舉，⑩
以保真乎？⑪
將哫（ㄗㄨˊ zú）訾（ㄗ zī）栗斯、喔咿儒（ㄖㄨˊ rú）兒（ㄋㄧˊ ní），⑫
以事婦人乎？
寧廉潔正直，
以自清乎？
將突梯滑稽⑬、如脂如韋，⑭

還是送往迎來，
永遠保持祿位呢？
寧可鏟鋤草茅，
努力耕作呢？
還是攀結權貴，
以求功成名就呢？
寧可正言直諫、毫不避諱，
惹來危險呢？
還是順從流俗，求取富貴，
苟且偷生呢？
寧可超然遠舉，
保存本真呢？
還是巧言令色，諂媚承歡，
來侍奉婦人呢？
寧可廉潔正直，
自求清白呢？
還是玲瓏圓滑，像油脂柔皮，

以絜ㄐㄧㄝˊ jié楹乎？⑮
寧昂昂若千里之駒乎？
將氾氾若水中之鳧ㄈㄨˊ fú乎？⑯
與波上下，
偷以全吾生乎？⑰
寧與騏驥亢軛乎？⑱
將隨駑馬之跡乎？⑲
寧與黃鵠比翼乎？
將與雞鶩爭食乎？⑳
此孰吉孰凶？何去何從？
世溷濁而不清：
蟬翼為重，千鈞為輕；
黃鐘毀棄，㉑瓦釜雷鳴；㉒
讒人高張，賢士無名。
吁嗟默默兮，㉓
誰知吾之廉貞？」
詹尹乃釋策而謝曰：「㉔

俯順人意呢？
寧可昂昂然像千里駒呢？
還是浮浮游游像水中鴨？
隨波上下，
苟且保全性命呢？
寧可與良馬並駕齊驅呢？
還是跟隨在劣馬的後頭？
寧可與黃鵠比翼高飛呢？
還是和雞、鴨一起爭東西吃？
究竟誰吉誰凶？何去何從？
世間如此的混濁不清：
蟬翼說成重的，千鈞反倒變輕；
黃鐘毀棄不用，瓦釜卻大響大鳴；
讒人聲勢高漲，賢士寂寂無名。
唉，何必再說呢，
有誰知道我的廉潔忠貞？」
詹尹放下蓍草謙辭說：「

夫尺有所短，
寸有所長；
物有所不足，
智有所不明；
數有所不逮，㉕
神有所不通。㉖
用君之心，
行君之意；
龜策誠不能知此事。」㉗

要知道尺有時嫌短，
寸有時嫌長；
事物都有各自的不足之處，
才智也有不能明白的地方；
卜筮有時也推測不到，
神明有時也不能解決問題。
憑著自己的良心，
照著自己的意思去做吧；
龜策實在不能決定這些事情。」

【註釋】

① 鄣：同障。整句是說，為讒人所蒙蔽、所阻攔。
② 太卜：占卜之官，負責占卜以決斷事情之吉凶。
③ 端：正；策：蓍（ㄕ shī）草，占卜時所用之物。端策，把蓍草擺正。龜：龜甲，占卜時所用之物。

④寧……將：寧可……還是……呢？悃悃（ㄎㄨㄣˇ）款款：誠懇的樣子。

⑤朴：同樸，樸實。

⑥送往勞來：即送往迎來，是說與他人交往只是裝著笑臉，虛偽敷衍，並無真心。

⑦斯無窮：整句是說，因送往迎來，而能保全富貴至於無窮無盡，永遠不會被免官或處罰。

⑧誅鋤草茅：有比喻除去小人之意。

⑨大人：指權貴；遊大人，來往於權貴之門。

⑩超然遠舉：即遠離世俗之意。

⑪保真：保存本真，保存真性情，不受世俗之虛偽所影響。

⑫哫訾（ㄗㄨˊ ㄗˇ）栗斯：講好聽的話來諂媚別人。喔咿儒兒（ㄖㄨˊ ㄋㄧˊ）：強顏歡笑來討好於人。

⑬突梯滑稽：即玲瓏圓滑，巧於媚世之意。

⑭脂：油脂；韋：柔皮。如脂如韋：是說如油脂、柔皮那樣軟，毫無硬骨頭。

⑮絜（ㄐㄧㄝˊ）楹：順著圓滑潤澤的東西，引申為俯順人意以諂媚於人的意思。

⑯氾氾：形容在水中浮游的樣子。鳧（ㄈㄨˊ）：野鴨。

⑰偷：苟且。

⑱亢：舉；軛：駕牛、馬之木。亢軛，即並駕齊驅之意。

⑲駑馬：劣馬。

⑳鶩：鴨。

㉑黃鐘：古代樂器之最佳者。
㉒瓦釜：指樂器之最劣者。
㉓吁嗟：歎息聲。默默：形容不說話的樣子。
㉔釋：放下。謝：有推辭、抱歉的意思。
㉕數：指占卜之術的推算。不逮：不及，指占卜推算不到。
㉖不通：也是不明、不逮的意思。
㉗誠：實在。

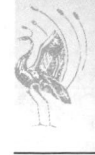

【賞析】

從這篇文章裡，從屈原一連串的問題裡，我們可以體會出屈原的困惑；為何忠直的人都要遭殃？為何奸邪的人，還有那些隨波浮沉的軟骨頭都會得意？這是怎樣的一個世界呢？竟然「蟬翼為重，千鈞為輕」，竟然「讒人高張，賢士無名」？連神明也無法解答這樣的問題，所以太卜鄭詹尹只好說：「用君之心，行君之意」，再也沒有其他辦法了。

屈原的困惑也是我們的困惑，屈原的哀傷也是我們的哀傷。然而，屈原跟我們不同的是，我們會妥協，我們不願跟這樣的污濁世界決裂，我們多少有點忍氣吞聲，也多少有點軟骨頭。然而，屈原不這個樣子，他要忠直到底，他要硬到底，他要不妥協到底。所以他只好自殺。我們雖然不甘，但也只好「偷以全吾生」，屈原不肯，寧可死了也不肯。我們做不到，屈原做得到，所以屈原偉大，所以我們佩服屈原。自古以來的人都如我們一般，只是凡人，不能如屈原一般的硬到底，所以自古以來的人也都如我們一般地佩服屈原了。

（二）漁父

【原詩】

屈原既放，
游於江潭，行吟澤畔；①
顏色憔悴，形容枯槁。②
漁父見而問之，曰：「
子非三閭大夫與，③
何故至於斯？」④
屈原曰：「
舉世皆濁我獨清，
眾人皆醉我獨醒，
是以見放。」⑤
漁父曰：「
聖人不凝滯於物，⑥

【語譯】

屈原放逐以後，
漫游於江邊，行吟於澤畔；
臉色憔悴，身形枯瘦。
漁父看見了，問他說：「
你不是三閭大夫嗎，
怎麼會到這裡來？」
屈原說：「
整個世界都污濁，只有我清白；
所有的人都昏醉，只有我清醒；
所以被放逐。」
漁父說：「
聖人不被外物所拘束，

而能與世推移。⑦
世人皆濁，
何不淈（gǔ）其泥而揚其波？⑧
眾人皆醉，
何不餔（bū）其糟而歠（chuò）其釃（shī）？⑨
何故深思高舉，⑩
自令放為？」⑪
屈原曰：「
吾聞之，
新沐者必彈冠，⑫
新浴者必振衣。⑬
安能以身之察察，⑭
受物之汶汶（wèn）者乎？⑮
寧赴湘流，⑯
葬於江魚之腹中。
安能以皓皓之白，⑰
而蒙世俗之塵埃乎？」

能夠隨著世俗而改變。
整個世界都污濁，
何不攪動水波，把水弄得更濁？
所有的人都昏醉，
何不舉杯而飲，也把自己喝醉？
為何想得多、行得正，
而讓自己被人放逐？」
屈原說：「
我聽說，
剛洗過頭的人一定要彈一彈帽子，
剛洗過澡的人一定要抖一抖衣服。
怎能讓這潔白的身子，
蒙受到外物的沾辱呢？
寧可投入湘水，
葬在江魚的腹中。
怎能讓這皓皓的清白，
蒙上世俗的塵埃呢？」

漁父莞（ㄨㄢˇ wǎn）爾而笑，⑱
鼓枻（ㄧˋ yì）而去，⑲
歌曰：「
滄浪之水清兮，⑳
可以濯吾纓；㉑
滄浪之水濁兮，
可以濯吾足。」
遂去不復與言。

漁父微微而笑，
敲著船舷離去，
唱著歌道：「
滄浪之水清澄啊，
就拿來洗濯我的冠纓；
滄浪之水污濁啊，
就拿來洗濯我的雙腳。」
於是就走了，不再跟屈原說話。

【註釋】

① 江潭：即江岸。
② 顏色：臉色。形容：樣子、模樣；枯槁：枯瘦、瘦瘠。
③ 三閭大夫：楚國官名，掌管楚國王族屈、景、昭三姓，屈原曾居此官。與：同歟，疑問詞。
④ 何故至於斯：本句也可講成「為什麼會變成這個樣子？」
⑤ 見放：被放。

⑥不凝滯於物：是說心靈自由，不被外界事物所拘絆、所限制。
⑦與世推移：即隨世俗而改變之意。
⑧淈（ㄍㄨˇ）其泥：攪動水中之泥，使水更濁。揚其波：攪動水波。
⑨餔（ㄅㄨ）：吃；糟：酒糟、酒滓。歠（ㄔㄨㄛˋ）：飲。釃（ㄕ）：薄酒。
⑩深思：指思想與世不同；高舉：指行為與世不同。
⑪為：語助詞；自令放為，即自令放，讓自己被人放逐的意思。
⑫沐：洗頭。彈冠：彈一彈帽子，把塵埃彈掉。
⑬振衣：抖一抖衣服，把塵埃抖掉。
⑭察察：潔白的樣子。
⑮汶汶（ㄨㄣˋ）：形容被塵垢所沾染。
⑯湘流：指湘水。
⑰皓皓：皎皎，潔白的樣子。
⑱莞（ㄨㄢˇ）爾：微笑的樣子。
⑲鼓：叩、擊；枻（ㄧˋ）：船舷（即船兩邊之板）。
⑳滄浪：水名。
㉑纓：冠纓，帽子上的絲帶。

【賞析】

屈原不肯妥協的精神在這篇裡表現得更明顯。漁父也不是平常人，漁父勸屈原，舉世混濁，何不把它弄得更濁？眾人皆醉，何不也跟著喝醉？可以看出漁父也是個憤世嫉俗的人，他也不滿現實，然而他採取消極反抗的態度，他乾脆看開，一切不管。既然這世界是如此如此，你又何必多花心思呢，何不也跟著如此如此。這是漁父。

然而，屈原不肯，連消極的反抗都不肯。舉世混濁，他非清白不可；眾人皆醉，他非清醒不可。他要正面抵抗，他不肯隨波逐流，甚至連漁父式的憤世都不肯，他要堅決的抵抗下去。如果他失敗了，他要自殺，寧可葬身魚腹，也不肯苟活。

我們又可以看出，我們多少也有些漁父的味道，我們有時也會憤世一番。但我們絕不會像屈原一樣，寧為玉碎，不肯瓦全。屈原是個理想崇高得無可企及的人，這是屈原在我們心中的形象，也是自古以來千千萬萬人心中的形象。這一個理想的形象，我們雖然達不到，但卻「心嚮往之」，所以屈原成為我們中國人心目中偉人的「理想人格」之一，成了我們中國人的偉人之一。

五、宋玉悲秋——〈九辯〉

我們差不多把《楚辭》裡重要的篇章都講過了，唯一剩下來的就是〈九辯〉。〈九辯〉是《楚辭》裡極有名的一篇，在文學史上的聲名恐怕僅次於〈離騷〉跟〈九歌〉。因此，雖然這篇不是屈原的作品，也不能從中認識到楚國特殊的民俗和宗教，但還是不可忽視，所以我們附在本書的最後面。

也有人說〈九辯〉是屈原所作，這個看法大概是站不住腳的。很明顯的，〈九辯〉有許多文句根本抄自〈離騷〉和〈九章〉，應該是屈原以後的人所作。一般認為，〈九辯〉的作者是宋玉。宋玉是屈原的後輩，時代比屈原稍晚。有人認為，他寫〈九辯〉是為屈原表達心志，但恐怕他是在為自己發牢騷。宋玉是個很有才氣的文士，但在仕宦上很不得意，因此寫這篇〈九辯〉為自己「表達心志」。

宋玉後來成為很有名的人，除了這篇〈九辯〉外，還有許多賦據說也是他寫的，譬如有名的〈高唐賦〉、〈神女賦〉、〈登徒子好色賦〉。這些顯然都是後人偽造的，不可靠。還有，《楚辭》裡的〈招魂〉也有人說是他寫的，但恐怕也不是，〈招魂〉還是屈原作的可能性較大。所以真正宋玉所寫的大概只有〈九辯〉一篇。但使宋玉成為「家喻戶曉」的人物的還是他另外一個奇怪的名氣，那就是「貌美」。成語裡形容美男子，常常說：「面如宋玉，貌似潘安。」其實這真是「無妄之災」。大概是因為假託宋玉所寫的〈高唐賦〉、〈神女賦〉、〈登徒子好色賦〉常提到宋玉多美，多少女子愛上他的關係。其實在文章裡這只是比喻，但日子久了，以訛傳訛，宋玉竟成了美男子的代表。

至於〈九辯〉這個篇名，究竟是什麼意思呢？有人解釋說，辯者，遍也。古代一首歌叫一遍，〈九辯〉是九段歌的意思。這個說法，大致是可以講得通。事實上，就有人想把宋玉這篇〈九辯〉分成九個單位，以符合「九」這個數目。但我們知道（根據〈離騷〉和〈天問〉），〈九辯〉是古代的樂曲名，宋玉可能襲用這個名稱來寫文章，未必剛好寫九段。何況，從「九歌」那個名稱我們已經知道，「九」只表示數目多，未必恰好就是確確實實的「九」。

底下我們只選錄了〈九辯〉的前兩段，因為〈九辯〉後半抄襲了許多〈離騷〉、〈九章〉的句子，不算很精采，沒有必要全選。而且本書的篇幅有限，其餘的部分只好割愛。

【原詩】

悲哉秋之為氣也。

蕭瑟兮草木搖落而變衰。①

憭(liǎo)慄(lì)兮若在遠行。②

登山臨水兮送將歸。③

泬(xuè)寥(liáo)兮天高而氣清；④

寂寥兮收潦(liáo)而水清。⑤

憯(cǎn)悽(qī)增欷兮薄寒之中(zhòng)人；⑥

愴(chuàng)怳(huǎng)懭(guǎng)悢(lǎng)兮去故而就新；⑦

坎(kǎn)廩(lǐn)兮貧士失職而志不平；⑧

廓落兮羈旅而無友生；⑨

惆悵兮而私自憐。

燕翩翩其辭歸兮，⑩

蟬寂漠而無聲。⑪

鴈廱(yōng)廱而南遊兮，⑫

鵾雞啁(zhōu)哳而悲鳴。⑬

【語譯】

可悲啊那秋天的氣息，

蕭蕭瑟瑟啊草枯葉落一片凋零。

悽悽愴愴啊像那遠行的他鄉客，

登山臨水啊送他人回歸家鄉。

空空蕩蕩啊天高而氣清，

悄悄靜靜啊江河清寂而無聲。

慘慘悽悽、感歎歔欷啊那寒氣傷人。

悵惘恍惚啊離開故鄉來到這新地方，

窮困坎坷啊貧士失職內心憤慨不平。

落寞孤獨啊羈旅外鄉沒有友人，

惆惆悵悵啊自哀自憐。

那燕翩翩的飛回家鄉了啊，

蟬沉寂下來不再發出鳴叫聲。

那鴈聲嗈嗈飛到南方去了啊，

鵾鷄細細切切不停地悲鳴。

獨申旦而不寐兮，⑭
哀蟋蟀之宵征。⑮
時亹亹（ㄨㄟˇ wěi）而過中兮，⑯
蹇淹留而無成。

悲憂窮戚兮獨處廓，⑰
有美一人兮心不繹（一ˋ yì）；⑱
去鄉離家兮來遠客，
超逍遙兮今焉薄？⑲
專思君兮不可化，⑳
君不知兮可奈何？
蓄怨兮積思，
心煩憺（ㄉㄢˋ dàn）兮忘食事。㉑
願一見兮道余意，
君之心兮與余異。
車既駕兮朅（ㄑㄧㄝˋ qiè）而歸，㉒
不得見兮心傷悲。

孤獨的一個人，輾轉反側一直到天亮啊，
那窸窸窣窣的蟋蟀，鳴叫不已令人哀傷。
時光寸寸地過去，年紀已老大了啊，
長久漂留異地卻一事無成。
（以上〈九辯〉第一段。）
悲傷窮困哀戚啊，一人獨處孤寂落寞，
那品德美好的人啊，思緒愁愁鬱鬱。
去鄉離家啊來到遠地作客，
漂漂浮浮啊要到哪裡去？
一直想著你啊此心不變，
你不知道啊又能奈何？
滿懷怨恨啊滿腔愁思，
滿心煩悶啊忘了吃飯。
希望能見到你啊表達心意，
你的心啊與我心截然大異。
駕好了車啊出發又回來，
不能見到啊內心傷悲。

倚結軨ㄌㄧㄥˊ líng兮長太息，㉓
涕潺湲兮下霑軾。㉔
慷慨絕兮不得，㉕
中瞀ㄇㄠˋ mào亂兮迷惑。㉖
私自憐兮何極？
心怦怦ㄆㄥ pēng兮諒直。㉗

倚在車軨上啊長聲歎息，
眼淚潸潸啊沾濕了橫木。
心中憤懣啊無法平靜下來，
一片的昏昏沈沈啊一片的迷亂。
自哀自憐啊何有窮盡時，
我心忠直啊我心誠信又正直。
（以上〈九辯〉第二段。）

【註釋】

① 草木搖落：草枯、樹葉凋落。衰：衰敗，指草木枯槁。
② 憭慄（ㄌㄧㄠˇ ㄌㄧˋ）：悽愴。遠行：遠在他鄉作客。
③ 將歸：要回家鄉的人。以上兩句是說，就像遠客送他人回家鄉一樣的悽愴。
④ 泬寥（ㄒㄩㄝˋ ㄌㄧㄠˊ）：曠蕩空虛的樣子，形容秋天的空曠而悽寂。
⑤ 潦（ㄌㄧㄠˇ）：雨水，收潦，是指秋天江河溝渠都歸於清靜，不像夏天那樣水勢奔騰。
⑥ 憯悽（ㄘㄢˇ ㄑㄧ）：悲痛的樣子。欷：歔欷歎息。增欷，是說一再的歎息。薄寒：形容秋天的微冷。中（ㄓㄨㄥˋ）人：寒氣傷人。

⑦愴怳懭悢（ㄔㄨㄤˇ ㄏㄨㄤˇ ㄍㄨㄤˇ ㄌㄤˇ）：失意的樣子。去故就新：離開故鄉到新地方。

⑧坎廩（ㄎㄢˇ ㄌㄧㄣˇ）：困窮不得志的樣子。失職：沒有得到好官職。志不平：心不平。

⑨廓落：孤獨落寞的樣子。羈旅：在外作客。

⑩翩翩：飛翔的樣子。燕辭歸：指秋天到了，燕子飛回南方。

⑪蟬寂漠：是說蟬不再叫了。

⑫廱廱（ㄩㄥ）：鴈鳴聲。南遊：秋天時鴈會飛到較溫暖的南方。

⑬啁哳（ㄓㄡ ㄒㄧ）：鳴聲細，但不停的叫。

⑭申旦：一直到天亮，即達旦之意。不寐：睡不著、失眠。

⑮宵征：夜行，是說蟋蟀在夜晚行動。

⑯亹亹（ㄨㄟˇ）：行進的樣子。過中：過半，形容日漸衰老。

⑰廓：空廓；獨處廓；一人獨處於空廓之地，即孤獨之意。

⑱有美一人：即有一美人之意，指作者自己。繹（ㄧˋ）：解。心不繹，是說心鬱結不解。

⑲超：遠；超逍遙，是說浮遊到遠方。焉：何；薄，止。焉薄，到何處去？

⑳專：一心一意。君：指君王。化：變；不可化，即心不變之意。

㉑煩憺（ㄉㄢˋ）：即煩憂之意。忘食事：忘了吃飯。

㉒既駕：是說車子已套好了馬，準備好了。朅（ㄑㄧㄝˋ）：去。朅而歸，是說出發了又回來。這裡是形容想念之極，不覺駕車出發。實際上作者所想念的人在遠方，根本無法見面的。

㉓ 軨（ㄌㄧㄥˊ）：車廂間橫木，因其為木條縱橫交結而成，所以說「結軨」。

㉔ 潺湲：形容流淚的樣子。軾：車前橫木；霑軾，霑濕了軾。

㉕ 絕：極；慷慨絕，是說心極憤慨。不得：不得於心，無法接受現實而平靜下來。

㉖ 瞀（ㄇㄠˋ）：昏。迷惑：迷亂之意。

㉗ 怦怦（ㄆㄥ）：忠直不邪曲的樣子。諒：誠信。直，正直。

【賞析】

我們常說「傷春悲秋」，「悲秋」這個名詞大概是從〈九辯〉來的，至少也是〈九辯〉這篇文章塑造了大家心目中所想的「悲秋」的形象。從〈九辯〉的第一段裡，我們已經可以了解到形成這個現象的原因。從「悲哉秋之為氣也」以下這一段，非常生動的把失意人所體會到的秋天的氣息傳達了出來。世上失意的人多得是，誰能讀到這一段而不動心呢？〈九辯〉所以會出名，恐怕主要也是有這一段的緣故。

這一段所以那麼好，最重要的因素是那一大串的連綿詞和重疊字。計有：蕭瑟、憭慄、泬寥、寂寥、憯悽增欷、愴怳懭悢、坎廩、廓落、惆悵、翩翩、寂漠、廱廱、啁哳、亹亹等。重疊字的好處大家都知道，不必多說。至於連綿詞，有些我們仍然可以體會到其中的好處，例如「ㄔㄨㄤˋ ㄏㄨㄤˇ ㄍㄨㄤˇ ㄌㄤˇ」，四個字的韻母都是「ㄤ」，這叫疊韻。其他如「ㄎㄨㄛˇ ㄌㄨㄛˋ」也是。又如「ㄌㄧㄠˊ ㄌㄧˋ」，聲母同是「ㄌ」，這叫雙聲，其他如「ㄔㄡˊ ㄔㄤˋ」也是。其他詞，聲音的關係較遠，但或多或少都有關連，只是說明起來比較複雜罷了。我們要知道，語音是會變的，現代的音未必和古代一樣。古代聲母或韻母有關係的，現在可能變得沒關係，或關係較遠了。這些連綿詞，現在讀起來都覺得有韻味，古代更不用說了。由此可以想見，當年（兩千多年前）作者如何費盡心思，用文字的聲音來表達了那一份「秋之為氣」的氣氛了。

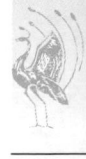

這一段的第二個長處是，句法參差不齊，極有變化，我們讀過〈離騷〉、〈九章〉那種差不多全篇一式一樣的句子，再來和這一段比較，自能了解這一段為什麼讀起來那麼生動。除了以上兩點外，本段用字遣詞的高妙是大家有目共睹的。譬如頭兩句：「悲哉秋之為氣也，蕭瑟兮草木搖落而變衰」，在這篇文章寫了兩千多年以後，我們仍然毫無困難的一讀之下就覺得好。這真可以說是「千古如新」了。

至於〈九辯〉第二段，雖然不及第一段精采，但也寫得很好。寫一個人對另一個人的思念，真是油然動人。當然，作者的真正用意，是在表達自己不被君王看上的悲哀，但現在讀起來，簡直就像情人的訴怨一樣。事實上，這已經相當接近後代詩人所常寫的閨怨詩與棄婦詩了。

附篇

《楚辭》這本書

一、《楚辭》的形成

「楚辭」這個名詞可以作三層解釋。首先，這是一本書的書名；其次，這本書所包含的作品都屬於同一種文學體裁，而這種體裁就叫「楚辭」；最後，這種文學體裁是從楚國發展出來的，所以才叫做「楚辭」。以下我們按著相反的順序來賞析以上所提的三點。

(1)「楚辭」是從楚國發展出來的——楚國是戰國時代的七雄之一，地處南方。因為地理環境的關係，在文化上，一向和北方的國家大有不同。楚國有她自己獨特的宗教祭典，在祭典中使用了極其特殊的儀式，這儀式中包含了一連串的祭歌。這祭歌，原來可能是主持祭祀的巫者，在長期的累積下慢慢編成的；至少我們可以說，這是楚國民族共有的文化成品。後來，有些比較富有文學天才的楚國人（可能大部分是貴族），覺得這些民間祭歌很有意思；於是先是加以修改，改成更有文學氣息的文字；然後，就用這些祭歌的形式和表現方法，來表達自己的感情。這種風氣慢慢流傳開了，於是，你也寫，我也寫，就這樣形成了「楚辭」這種文學體裁。

從民間「祭歌」到文人手中的「楚辭」，這中間到底經過多少時間，又有多少文人貢獻了他們的心血呢？這我們已無法知道。不過，我們知道，在戰國的最末期（大約半世紀長的時間），楚國產生了一批在政治上不得意的「文士」，這些文士就用這種正在成長的文學形式，來表達他們的憤慨與不平。甚至很可能，把「楚辭」從民間祭歌發展成特殊的文學體裁，其實就是他們所做的工作。不管怎麼說，在「楚辭」形成的過程中，他們貢獻了最大的心力，這是毫無疑問的。他們之中，最有名的人物，也可能是時代最早的一個，就是屈原。很可能，在所有當時不得意的文士中，他的遭遇最慘（最後投水自殺），而在完成「楚辭」這種體裁的過程中，他的貢獻與成就也最大。因此，他就成為這群人中最著名的人物。除了他之外，這群人中較著名的還有宋玉、景差、唐勒等，都是屈原的後輩，時代要稍晚一些。

(2)「楚辭」正式成為一種文學體裁——在戰國末期屈原、宋玉的時代，「楚辭」雖然在楚國慢慢流行起來，但也只限於楚國一地。而且，當時恐怕還沒有「楚辭」這個名稱。這那就是說，這種東西是慢慢成長起來了，但人們還沒有替它取下一個正式的「名字」。這個正式的名字，是在西漢初年形成的。西漢初年，也有一批具有文學天才的人，在政治上沒有出路。於是，也就像屈原一樣，不得不成為一個無所事事的「文人」。於是他們因遭遇相同，不免大為同情屈原。他們讀屈原的作品，模仿屈原的作品，宣傳屈原的作品。於是，屈原和「楚辭」這兩個名字就大大的流傳開來。據說，當時誦讀「楚辭」還是一種專門的「技術」，成為一種專門的學問，皇帝有時還要特別徵召這方面的專家呢。從這裡，我們當然可以體會到，「楚辭」已完完全全的成了一種特殊的文學體裁，已在全國流行起來。

(3)《楚辭》這本書的編成——從西漢文帝、景帝時代，「楚辭」漸漸地「成名」。到了武帝時，皇帝也開始對它感到興趣。到了西漢中葉，有一個大學者叫劉向的，他奉命整理朝廷的圖書。於是他把傳說中屬於屈原、宋玉等人的作品以及西漢文人的模仿之作（包括他自己的），編成一本書，冠上「楚辭」的名字，這就是《楚辭》這本書了。但是，劉向所編集的這本書的原始面貌我們已經看不到。我們現在所能看到的最早的《楚辭》，是東漢中葉一個叫做王逸的學者所編的注解本。這本書叫《楚辭章句》，意思是逐章逐句的解釋《楚辭》。除了加入一篇王逸自己的作品以外，這本書所收的篇章可能大致和劉向的本子一樣，只是次序有點調動罷了。

王逸的《楚辭章句》是我們所能看到的最早的《楚辭》，所以我們把篇目按原順序詳列於下：

〈離騷〉第一　屈原
〈九歌〉第二　屈原

〈天問〉第三　屈原
〈九章〉第四　屈原
〈遠遊〉第五　屈原
〈卜居〉第六　屈原
〈漁父〉第七　屈原
〈九辯〉第八　宋玉
〈招魂〉第九　宋玉
〈大招〉第十　屈原，或言景差
〈惜誓〉第十一　不知作者，或言賈誼
〈招隱士〉第十二　淮南小山
〈七諫〉第十三　東方朔
〈哀時命〉第十四　嚴忌
〈九懷〉第十五　王褒
〈九歎〉第十六　劉向
〈九思〉第十七　王逸

從以上的目錄我們可以看得出來，從〈離騷〉至〈大招〉是《楚辭》原有的作品，而從〈惜誓〉以下，則完全是漢朝人的模仿之作。但我們必須知道，認為〈離騷〉至〈大招〉完全是戰國時代楚國人作的，又明確的指出每一篇的作者，這只是王逸及漢朝人的看法，未必就正確。關於這一點，我們下面還會談到。還有，我們還要注意，未必漢朝人對每一篇的作者都有一致的看法。譬如〈招魂〉，王逸認為是宋玉作的，西漢的司馬遷在《史記》裡卻說是屈原的作品。不過，我們可以推測，除了少數例外（如〈招魂〉、〈大招〉、〈惜誓〉），漢朝人對每一篇作者的看法大概不會相差太遠。

二、歷代學者對《楚辭》的注解與研究

根據古書的記載，在王逸以前，已經有不少漢朝人注解過《楚辭》裡的某些篇章（如〈離騷〉、〈天問〉），但現在我們都看不到了。不過，我們可以說，王逸的《楚辭章句》是對漢朝人注解的一次總整理，而不只是王逸個人的見解。所以，雖然我們現在只能看到王逸的書，我們仍然可以大致了解漢朝人對《楚辭》的看法。

王逸《章句》的最大貢獻是，對於《楚辭》逐章逐句的注釋。《楚辭》的文字是相當

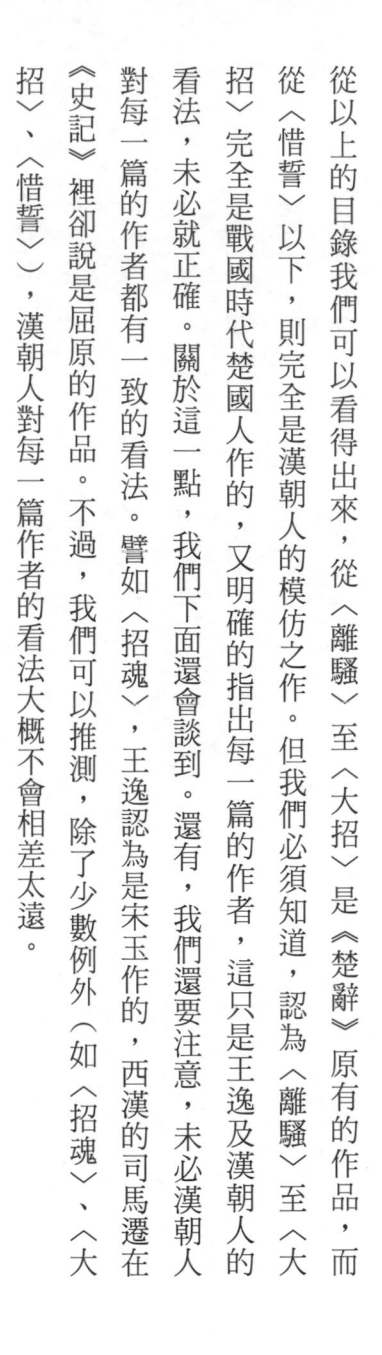

古奧難解的，漢朝人距離屈原的時代還不算久，有很多特殊的字句他們還知道怎麼解釋。假如沒有王逸把這些解釋加以彙集，把它們保存下來，那麼，恐怕《楚辭》就要更難讀。

至於王逸《章句》的缺陷，恐怕也就是大部分漢朝人講《楚辭》的缺陷。首先，他們太相信其中絕大部分作品都是屈原作的。其次，既然他們相信，一些明顯和屈原的事跡沒有任何關係的篇章是屈原所寫的，他們當然要牽強附會地解釋其中的字句，以便和屈原的生平牽扯上關係。譬如，〈九歌〉中的人神戀愛，實際上只是楚國宗教祭典的特色，他們卻會把它講成是屈原在比喻他跟楚王之間的事情。還有〈九辯〉，這只是宋玉在為自己的不得志發牢騷，王逸卻要說，這是宋玉在為屈原抱不平。

王逸以後，注解《楚辭》的書非常的多，我們只把其中最著名的幾本列在下面：

(1)《楚辭補注》　宋洪興祖
(2)《楚辭集注》　宋朱熹
(3)《楚辭通釋》　清王夫之
(4)《楚辭燈》　清林雲銘
(5)《山帶閣注楚辭》　清蔣驥
(6)《楚辭賦注》　清戴震
(7)《屈辭精義》　清陳本禮

這些書除了洪興祖的《補注》外，都有一個共同的特色，那就是，他們特別重視一般所認為的屈原、宋玉、景差的作品，漢朝人的模仿之作，他們大多刪掉。甚至，有的只選傳統上認為屈原所作的來註釋，連宋玉、景差的也刪掉。這樣做並沒有錯，實際上漢朝人模仿的作品極少是好的。

以上這些書，以及其他沒有列進來的，每一本都各有其長處，多少都能增進我們對《楚辭》的了解。在字句的解釋和屈原生平的考訂上，他們都有許多貢獻。不過，因為古人比較尊重傳統，凡是漢朝人的見解，他們輕易不肯改變。因此，關於某些篇章的性質及其作者問題，他們即使有所懷疑，常常也只是把王逸的說法加以修改而已。譬如朱熹，他已經看出來，〈九歌〉的性質有點特殊，也未必是屈原作的。但他還是要說，這是屈原根據民歌修改而成，不肯說出〈九歌〉非屈原作的話。又譬如，朱熹也覺得〈九章〉中的某些篇章有些奇怪，但卻不會懷疑這些不是屈原的作品。

民國以後，學者們的態度就不一樣了。一方面，他們敢懷疑，很多古人不敢講的話他們都敢講，很多古人吞吞吐吐地講的，他們敢明明白白地講。所以，除了〈離騷〉以外，他們對其他所謂屈原的作品，都要加以懷疑。甚至，連有沒有屈原這個人他們都要打問號，其他問題也就可想而知了。另一方面，他們有現代人類學、民俗學、考古學等知識，因此，對某些問題會有比較清楚的認識。譬如，他們敢肯定〈九歌〉純粹是祭神歌，和屈原沒有什麼關係（古人大半不敢這樣肯定地講），他們會說〈九歌〉裡的男女關係是人神戀愛，而不是比喻君臣關係。因此，在《楚辭》的研究上，他們有許多的突破，這是前人所無法想像得到的。

最後，我們可以把歷代對《楚辭》的研究大略分成四大類，以此來把歷代學者的成果作個簡單的說明。首先，是字句的解釋。關於這一點，可以說大家都在替王逸作拾遺補闕的工夫。王逸沒有解釋、或解釋得不清楚、或解釋得不好的，大家加以補充、修正。在這方面，歷代的學者都有貢獻。一直到現在，學者們還在繼續的努力，以便使《楚辭》的注釋工作更臻於完美。

其次，是屈原生平的考訂。在這方面，清朝人下的工夫似乎最大。譬如蔣驥，他根據〈九章〉來推斷屈原流放江南的路程。民國以後的學者，又根據清人的成果進一步的加以研究。這方面的工作，需要把屈原的作品配合歷史資料來研判。但問題是，有關屈原的史料實在太少，而最常被拿來考訂屈原生平的〈九章〉又有些可能不是屈原作的。這方面的工作實在很困難，而所依據的基礎又不十分穩固。因此有關這方面的論斷，我們似要持比較保留的態度。

其次，是《楚辭》各篇的作者問題。在這方面，民國以前的學者討論不多，最常提到的是〈招魂〉（屈原或宋玉）和〈大招〉（屈原或景差）的問題。至於懷疑〈九歌〉、〈天問〉、〈九章〉、〈遠遊〉、〈卜居〉、〈漁父〉，不是屈原所作，他們有的甚至想都沒想過，有的雖然想到了，態度也非常謹慎，我們已經知道，關於這一方面，民國以後的學者幾乎無所不疑。要下結論當然還早，不過我們可以說，〈離騷〉和〈九章〉的某些部分（如〈哀郢〉、〈涉江〉、〈懷沙〉）最可靠，〈遠遊〉、〈卜居〉、〈漁父〉、〈大招〉最不可靠，至於〈九歌〉、〈天問〉、〈招魂〉，則恐怕至少有一半以上的人，都不會相信是屈原的作品。

最後，是各篇章性質的解釋。這其實只是〈九歌〉、〈天問〉、〈招魂〉、〈大招〉四篇的問題。這四篇都跟楚國的宗教、民俗或神話、傳說有關係。重要的是，如何把楚國的宗教、民俗、神話、傳說弄清楚，再配合上現代民俗學、人類學、考古學等知識，讓我們對這四篇的內容有個更透徹的認識。甚至我們還可以說，這種研究，除了能夠明白這四篇的性質，還可以解釋〈離騷〉的一些特殊問題，如「香草美人」等。這方面的工作古人作得極少，民國以後的學者才開始注意。到現在為止，這個工作還需要更進一步加以拓展。

三、《楚辭》對中國文學的影響

說到《楚辭》對中國文學的影響，那真的可以套用兩句成語來形容，即：「無遠弗屆」、「無孔不入」。這兩句成語用在這裡雖然不很恰當，卻足以看出《楚辭》對中國文學影響之深遠。這裡，我們當然無法細說，只能舉出一些最重要的方面，作個簡單的說明。

首先，我們從整體精神來看。我們常聽人說，《楚辭》和《詩經》是中國詩歌的兩大源泉，這種話一點也不誇張。我們可以說，在漢朝以前，除了一些極零星、極片段的作品外，中國的詩歌就全包含在《詩經》和《楚辭》這兩部書中。這兩部書是中國詩歌的「始祖」，所有後代的詩人，無不從這裡「生長」出來。這樣說，我們就足以了解《楚辭》在中國文學史上的意義，及其深遠的影響力。

如果再要說得具體點，那麼我們可以說，《楚辭》至少替中國詩歌輸進了兩種精神（這是《詩經》比較缺乏的），即個人主義和浪漫主義的精神。這兩個名詞用在這裡也不是很恰當，而且會引起誤會，所以我們必須進一步的說明。首先，《楚辭》在中國詩歌裡開創了一種主題，即：有才華的個人，在社會人群裡遭逢各種失敗以後的不平和牢騷。這是一種特殊的個人的失敗，而不是像戀愛的失敗（這是一般人都會有的）、或者社會的大動亂（這是生逢亂世的人無法避免的）那樣，比較具有普遍性。《楚辭》的精神是一種失意的精神，一種失意之後以自己的心志自我肯定的精神，一種「舉世皆濁我獨清，眾人皆醉我獨醒」的精神。它所表現的是有志氣、有才華的人，遭受挫敗而不甘、不平的精神。這是一種中國式的個人主義，而這是《楚辭》所開創，且為歷代無數文人所繼承的精神。

其次，說到浪漫主義。我們可以說，中國文學一般是比較平實，比較富有人間世的氣息。中國文學比較缺乏一種超然遠舉的想像力，比較沒有一種神話世界的召喚，沒有一種鮮明的色澤，沒有一種詭譎奇異的調子。如果有的話，那麼這種精神最主要的源泉之一就是《楚辭》。從這個方面來看，《楚辭》可以說具有某種浪漫主義的傾向。

以上是從整體精神來看《楚辭》的影響。現在，我們可以換個角度，從文學形式這方面來看。那麼，我們可以說，《楚辭》至少對中國兩種文學體裁的形成，有過極大的貢獻，即：賦和七言詩。我們已經說過，《楚辭》所以會從楚國一地流傳到全國，主要是得力於西漢初期一批文人的努力。而這批文人，其實也就是開創「漢賦」這種體裁的人。他們一方面亦步亦趨的模仿屈原的作品，一方面又把《楚辭》融合其他要素，創造了「賦」這種形式。

其次說到七言詩。要了解《楚辭》對七言詩之形成的影響，我們只要看下面兩段就可以了。

操吳戈兮被犀甲，
車錯轂兮短兵接。
旌蔽日兮敵若雲，
矢交墜兮士爭先。

這是〈九歌．國殤〉的四句。假如我們把每一句裡的助詞「兮」換上一個實字，不就成了七言詩了嗎？再看下面一段：

后皇嘉樹，橘來服兮。
受命不遷，生南國兮。

這是〈九章．橘頌〉中的句子。假如我們把每一句的「兮」字去掉，而讀成這個樣子：

后皇嘉樹橘來服，
受命不遷生南國。

不就更像七言詩了嗎？當然，七言詩的形成還受其他因素的影響，不過《楚辭》的貢獻卻是無法否認的。

最後，我們還可以從文學技巧這方面，來看《楚辭》對後世文學的影響。關於這一點，可說的太多了，我們只舉最重要的一個例子來說明。我們已經知道，〈九歌〉裡有許多人神戀愛的描寫。我們也知道，屈原寫〈離騷〉時，受了〈九歌〉的影響，又把君臣關係也用男女關係來加以比喻。後代詩人常常襲用屈原這種技巧，表面上他好像在寫愛情，其實裡面是寄託了一些個人的政治遭遇。這樣一種「託喻」的寫法，後來還影響了一般人對於詩的解釋。常常有一首情詩，有人說這只是情詩，有人卻要說這是政治詩，詩中的男女關係只不過是比喻而已。這種現象的好壞姑且不論，但其發源於《楚辭》卻是非常明顯（這種現象也受其他因素的影響，在這裡我們也不必細說）。

常常，你把中國詩讀得越多、讀得越熟，你會在意想不到的地方發現《楚辭》的影子。這就證實了本節開頭的一句話：《楚辭》對中國文學的影響真的是「無遠弗屆」、「無孔不入」。

中國歷代經典寶庫②

楚辭——澤畔的悲歌

編　撰　者—呂正惠
編　　　輯—康逸藍
執行企劃—洪小偉、張燕宜
校　　　對—張淑芬、謝惠鈴

總　編　輯—余宜芳
董　事　長—趙政岷
出　版　者—時報文化出版企業股份有限公司
108019台北市和平西路三段二四〇號三樓
發行專線—（〇二）二三〇六—六八四二
讀者服務專線—〇八〇〇—二三一—七〇五
（〇二）二三〇四—七一〇三
讀者服務傳真—（〇二）二三〇四—六八五八
郵撥—一九三四四七二四時報文化出版公司
信箱—一〇八九九臺北華江橋郵局第九九信箱

時報悅讀網—http://www.readingtimes.com.tw
法律顧問—理律法律事務所　陳長文律師、李念祖律師
印　　刷—紘億印刷有限公司
五版一刷—二〇一二年一月十三日
五版三刷—二〇二一年九月三日
定　　價—新台幣二百五十元

時報文化出版公司成立於一九七五年，
並於一九九九年股票上櫃公開發行，於二〇〇八年脫離中時集團非屬旺中，
以「尊重智慧與創意的文化事業」為信念。

楚辭：澤畔的悲歌 / 呂正惠編撰. -- 五版. -- 臺北市：時報文化,
2012.01
面；　公分. --（中國歷代經典寶庫；2）

ISBN 978-957-13-5469-9（平裝）

1.楚辭　2.通俗作品

832.1　　　　100022952

ISBN 978-957-13-5469-9
Printed in Taiwan